HINT

HINT

大倉燁子——著
蘇暐婷——譯

消失的女靈媒

操弄人心的心理遊戲，大倉燁子的S夫人系列偵探推理短篇集

導讀

偵探的性別翻轉

◎林斯諺／推理小說作家

本書收錄日本早期推理小說作家大倉燁子五部短篇推理故事，包括〈消失的女靈媒〉、〈香水膏〉、〈鐵處女〉、〈機密魅惑〉以及〈情鬼〉，主角偵探都是一位被稱為「S夫人」的私家偵探。

從推理小說的歷史來看，早期推理小說中所謂的名偵探多半是由男性擔任。在世界公認的第一篇推理小說〈莫爾格街謀殺案〉（*The Murders in the Rue Morgue*）當中出場的業餘偵探奧古斯丁・杜賓（C. Auguste Dupin）被許多人認為是英國名偵探夏洛克・福爾摩斯的原型之一。而關於福爾摩斯的原型，另有一說是法國作家亨利・卡萬（Henry Cauvain）筆下的名偵探麥克西米利安・海勒（Maximilien Heller）。無論如何，世界聞名的福爾摩斯成了名偵探的代表形象，影響了後世作家對於偵探的塑造。而這方面的影響可能也包括了性別，以至於當我們回顧早期（尤其是二十世紀前半）的推理小說時，會發現偵探角色幾乎清一色都是由男性擔綱。

當然，福爾摩斯的影響不會是全部原因。這也涉及到人類社會關於性別意識與父權宰制的文化與社會影響。尤其是早期的推理小說強調智性解謎，而在性別意識未抬頭之際，理性、科學與邏輯的掌握者通常被認為是男性；如果有作家在故事中塑造出智慧超越男性的女偵探，那大概只會讓讀者覺得奇怪與突兀。在二十世紀所謂的古典、本格推理小說（以智力競技為重點的推理小說）流行之際，能讓人立刻想起的聰明女偵探大概也只有阿嘉莎・克莉絲蒂筆下的瑪波小姐（Miss Marple）。但即使是克莉絲蒂這種世界級的作家，身為女性，她筆下的第一線偵探也不是瑪波小姐，而是男性偵探赫丘里・白羅（Hercule Poirot）。白羅探案的數量與名氣遠超越瑪波小姐。當然，以克莉絲蒂的暢銷程度，即使是現代的歐美暢銷作家筆下的女性偵探在知名度上也少有人能跟瑪波小姐匹敵。這的確是克莉絲蒂在塑造女性偵探（尤其是古典派的天才型偵探）這件事情上一件了不起的成就。然而，別忘了白羅的名字「赫丘勒」（Hercule）暗指希臘神話中半人半神的英雄海克力斯（Hercules），似乎暗示了無論是力量還是智慧，男性偵探還是比女性偵探強大。

關於所處時代對作家的性別意識所施加的限制，也出現在與克莉絲蒂活躍於同時期的其他女性作家。所謂推理小說黃金時代的「四大女傑」（Queens of Crime），除了克莉絲蒂之外，還有瑪格麗・艾林翰（Margery Allingham）、奈歐・馬許（Ngaio Marsh）以及桃樂西・榭爾絲（Dorothy L. Sayers）。但這些「女傑」筆下最知名的偵探也清一色都是男性，依序分別是艾伯特・坎比恩（Albert Campion）、羅德力克・艾霖（Roderick Alleyn）以及彼得・溫西爵爺（Lord Peter Wimsey）。這當然並不是說在這段時期沒有女偵探的存在，但以男性為偵探主角是主流，也似乎是理所當然。

如果我們回到偵探這個職業來看，男性乍看之下比女性適合，因為犯罪偵查具有危險性，女性在體能上普遍遜於男性，這對調查工作不利。然而，在傳統推理小說中，偵探最重要的能力是智力而非體力，當身體素質不再是最重要的考量時，女偵探便有施展空間。甚至，在二十世紀中期開始流行的一些女性私家偵探小說，例如卡特・布朗（Carter Brown）所創作的梅薇斯・塞多莉（Mavis Seidlitz）或費克林（G.G. Fickling）所創作的哈妮・威斯特（Honey West）系列也打破了偵探一定要是肉體強健之男性的迷思。

大倉燁子的S夫人探案系列，正是日本推理小說史上早期女性偵探的一個經典範例。必須注意，這個系列的創作年代尚處於女性偵探不流行的時候，因此以女偵探做為系列破案角色可說是十分前衛。日本早期的推理小說作家以男性居多，如小酒井不木、小栗虫太郎、大阪圭吉、海野十三、甲賀三郎、久生十蘭、蘭郁二郎、濱尾四郎等。幾位宗師級人物如江戶川亂步、橫溝正史、高木彬光也是男性作家。後面這三位創造出來的日本三大名探也都是男性——明智小五郎、金田一耕助、神津恭介。不論作家或偵探，的確是男人的舞台。大倉燁子以女性作家之姿創造出女偵探，顯得格外引人注目。從歷史回溯來看，可說是走在時代尖端。

S夫人與福爾摩斯一樣具備高超的推理能力，擅長易容，也有菸癮。S夫人開設一間偵探事務所，與她的助手——同樣是女性——一同調查案件。這系列的故事都是短篇，篇幅不長，大部分由助手以第一人稱述說。這樣看起來，說S夫人是日本版的女性福爾摩斯似乎也不為過。以早期的日本推理小說而言，受到西方偵探形象的影響也是很自然的。

與福爾摩斯探案相同，S夫人系列不走複雜曲折的故事路線，不著迷於奇巧的犯罪手法，解謎也是仰賴簡單的線索來破解，而非透過繁複的邏輯推演。除了與福爾摩斯探案一樣聚焦在故事的趣味性，S夫人系列對於人物的心理有更多的著墨，也許是出自於女性作家的纖細，案件癥結往往在於人物的情愛糾葛。另外一個顯著的特色是，故事常常會出現異國場景。由於大倉燁子曾與外交官結婚，有海外生活經驗，因此故事中也常帶入這個面向，展現異國風情或出現外交相關角色。這種特色讓S夫人系列有別開生面的樂趣。

從大倉燁子的創作年表來看，S夫人系列屬於早期作品，而且數量不多。作者在創作過幾部S夫人系列後便沒有繼續經營，只在後期偶一為之。雖然本系列的故事今日來看顯得素樸，也沒有像福爾摩斯探案那樣針對人物或情節做更深入的發展，但我認為重新閱讀這系列作品最大的意義在於對推理小說中角色性別的省思。在性別意識高漲的今日，我們反而不容易去意識到潛在的性別壓迫、歧視與刻板印象。讀者可能甚少思考為什麼偵探大多是男性，甚少思考這樣的設定是否理所當然。而當我們回頭檢視早期的推理小說，例如大倉燁子的S夫人系列，會更深刻地認知到女性成為名偵探的意義之所在。正確地說，名偵探不應該預設性別，「女性偵探」本身就是一個男性視角的語彙，而很可能就是這樣的語彙鞏固了偵探角色的男性霸權。誠然，推理小說中的性別革命如今已經是現在進行式，但在大倉燁子的年代並不是。這正是S夫人系列在日本推理小說史上的可貴之處。

目次

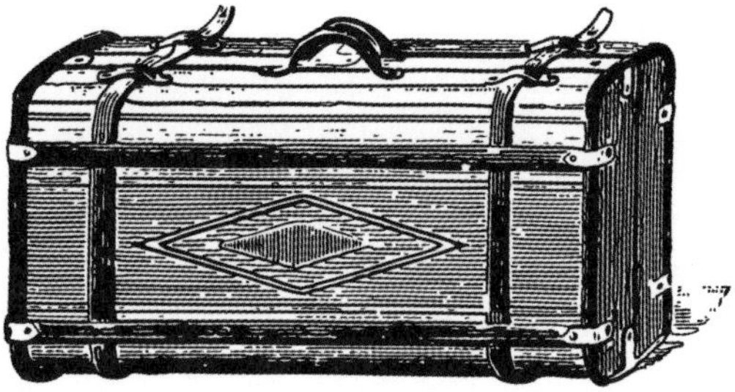

消失的女靈媒

「聊得還盡興嗎？」女靈媒笑盈盈地問道。啊，她的笑靨，與夢中的妻子如出一轍。我欣喜若狂、激動不已，連忙對這名不可思議的女靈媒致上深深的謝意。

1

「妳還記得那起神祕事件嗎？就是知名美女靈媒——小宮山麗子受邀至某豪門後，回程時離奇失蹤的懸案。」

「記得啊，印象中那是快十年前的事了吧？她當時可是紅透半邊天呢，但最後沒破案吧？」

「嗯，小宮山麗子自那以來就銷聲匿跡了。但她在靈學圈曾是大家的掌上明珠，又是美人胚子，因此現在靈學圈還會時不時聊起她呢。」

「是嗎？在我們這種外行人耳中聽來，靈媒就像是法師，或者也可以說是巫女吧？這類失蹤案件，古人稱之為『神隱』，但真相到底如何，就無從得知了。」

「其實我正想找妳聊此事。我也忘記今天是她失蹤滿第幾週年了，總之，當年敬愛六條松子夫人的崇拜者們，在她的祭日舉辦了一場追思會，小宮山麗子也受邀出席，將夫人的靈魂招到身上。她舉手投足果真與松子夫人一模一樣，還吟詠了和歌，令眾人熱淚盈眶。宴會順利落幕，小宮山麗子便從六條伯爵家告辭。到這裡為止的故事大家都聽過，但我要說的是接下來的事。那晚起了濃霧，街燈昏暗朦朧，馬路彷彿一片汪洋。才剛踏出六條家的大門，小宮山麗子便像被吸進濃霧裡似地，忽然憑空消失，從此杳無音訊。」

S夫人將身子深深倒進書房的搖椅裡，微微瞇起雙眸，眼神循著三砲台香菸[1]繚繞的煙霧，百感交集地道：

「妳一定很納悶我為何突然提起這件事吧？其實這樁懸案，說是我投身此行的契機也不為過。」

S夫人剛解決一樁案件，無事一身輕，索性便將自己對偵探產生興趣的起

譯註1 英美菸草公司生產的香菸「The Three Castles」，別名「綠錫包」，為早年流行的高級菸。

點及回憶，向我娓娓道來。

2

故事得回溯到許久以前，當時S夫人的先生是一名博士，在暹羅政府擔任顧問，夫人也隨先生搬到當地，住了兩、三年。

「事情就是在那時發生的。」

夫人說著，指向掛在書桌前牆上的大幅照片。

「這是當年拍的照片。」

照片中，五、六名男子在石階上或站或蹲，背後有一座塗料斑駁的塔型建築。

「杵在正中央的胖男人是我先生，站在一旁拿著遮陽帽的是接下來我要講的故事主人翁，妳可看清楚囉。」

那人年約三十五、六歲，又或者已經四十好幾了，因為他骨瘦如柴，不太好判斷確切的年紀。仔細一瞧，他有著一張清秀的鵝蛋臉，容貌相當英俊，給人的感覺卻很不舒服。尖銳的鼻子、陰森駭人又歇斯底里的眼神、憂鬱悲傷的表情……當我凝視著他，心底竟泛起陣陣惡寒，覺得彷彿會被他吞噬。

「他是誰？」

「勝田男爵的弟弟。」

「哎呀，就是大阪那位有名的勝田男爵？」

「對，妳聽過勝田銀行吧？不過，他弟弟住在東京。」

經S夫人這麼一說，我才發現他的容貌確實與常上報的勝田男爵十分相像。

接著，S夫人平靜地講起故事。

「現在暹羅已經很發達了，但在當時還是未開化的蠻荒之地。不過，對我這種好奇心旺盛的女子而言，在暹羅的所見所聞真是新鮮有趣極了。當時發生了一件事，唐人街有個小混混，在鱷寺舉辦儀式當天，與一名男子發生口角，將對方扔進鱷魚池裡，那人再也沒上岸。此事令鱷寺聲名大噪，遊客絡繹不絕，畢竟每個國家都有愛看熱鬧的人嘛。我們也不落人後，跑去鱷寺參觀了一番。

那是一座很古老的寺院，庭園裡有一個偌大的舊池塘，養了五、六隻鱷魚，這便是鱷寺的由來，不過正式寺號另有其名。池水污濁得像泥巴，什麼也看不清楚。我盯著水面好一會兒後，池塘正中央發出一圈漣漪，一顆鱷魚頭突然冒了出來。即使是在大白天，撞見那顆鱷魚頭依然令我花容失色。我急忙後退，忽然發現後面不知何時站了一名紳士，險些與他撞個正著。

那位身材高䠷、臉色蒼白的紳士是日本人，年約三十五、六歲。儘管他的身子像病人一樣羸弱，略駝的背也如木板般單薄，卻散發出一股高知識分子的氣質，任誰看來，他都是一名翩翩君子。我因為出糗而覺得不好意思，又對同為日本人的他感到十分親切，只好低頭微笑。那人沉默地盯著我的臉一會兒後，彷彿意識到自己不該失禮，突然向我打了一個冰冷的招呼，隨即轉身朝另一個方向慢步離去。

我認為自己受到了嚴重的羞辱，於是回家立刻向先生打聽。原來他是駐暹羅大使的摯友，勝田男爵的弟弟。他因為身體欠佳，原本在歐洲渡假養病，但成效不彰，決定先打道回府，回程卻臨時起意去新加坡。為了拜訪交情甚篤的駐暹羅大使，順便散散心，才輾轉來到暹羅，當起大使館的座上賓。來到暹羅後，他似乎愛上了這個悠閒自在的國度，便順勢住了下來。先生對我說這番話時，還很羨慕他的身分呢。

暹羅是全世界數一數二的佛教國，在這裡凡是男人，不論地位再崇高，都得皈依佛門一次。有些人當和尚是為了贖罪，有些身分尊貴的人則只是想見某位傾城傾國的大使夫人一面，才刻意扮成和尚到大使館化緣，好從夫人手中獲得一點施捨，如此逸事，足見皈依佛門在暹羅是非常普遍的習俗。我第二次遇見勝田，是在鱷寺一別後第十天的傍晚。當時大使館門口有一名身披黃袍、托著缽碗的僧侶，光腳站在那兒。我拿了點東西要布施給他，定睛一看，才發現正是勝田。

「哎呀，您怎麼會是這身打扮！」

我實在太過訝異，一時口無遮攔。勝田聽了似乎有些不好意思，難為情地笑道：

「讓妳見笑了，我實在悶得發慌，才會想出這種鬼點子——」

暹羅大使也老是嫌無聊，頻頻邀我去大使館作客，但大使未婚，館員們也沒有攜家帶眷，我便不好意思厚著臉皮過去。某天，大使找我先生商量一件事，他說：「勝田兄需要有個善解人意的人陪陪他，但大使館裡都是一些粗人，我怕勝田兄感到不自在……雖然對尊夫人很不好意思，但能否代為轉告尊夫人，麻煩她有空時陪勝田兄聊聊呢？」我思及此，便開口邀他：

「要不，來我家坐坐吧？」

自那以後，他便三不五時到我家作客。

勝田患有嚴重的神經衰弱症，連外行人都看得出來，他的身子已經殘破不堪了。自從他摯愛的妻子香消玉殞以來，他便成了一副行屍走肉，總是嚷嚷著對世間已無眷戀，有段時間旁人還以為他瘋了。

我聽說勝田夫人是位絕代佳人，卻因罹患心臟病，年僅二十七歲便撒手人寰，勝田當時傷心欲絕，也想追隨妻子而去，就在他一心尋死時，被家人發現了，之後就一直活在家族的監控之下。

「我們這種上流階級的人，重視名譽大於一切，唯恐有辱家門。比起個人，家族才是第一。講得極端一點，我若是病死也就罷了，但若是死於非命，那就完了，社會上不知會傳出什麼風言風語。所以自從那天媒體說我精神異常而自殺，家人便因事關宗族榮耀，對我以保護之名，行監控之實。」

勝田講得面紅耳赤。或許他很慶幸有我這樣的紅顏知己聽他傾吐心事吧，漸漸地，我們成了無話不談的朋友。

在暹羅這樣的熱帶國家，人們白天都會午睡。每到下午一兩點，街上明明陽光普照，卻宛如深夜般寂靜。但勝田患有失眠，大白天的根本睡不著，因此每天下午他都會來找我。

勝田是個神經兮兮的人，他害怕壁虎從天花板上掉下來，所以總是待在陽台的蚊帳裡與我談天。但可怕的壁虎還是經常落在勝田的後頸，要不就是停在門把上，害他不小心摸到。他說壁虎冰涼柔軟的觸感，令他覺得非常噁心，所以拚命洗手，把手都洗紅了。當時我看他可憐便安慰他：「一定很不舒服吧？冰冷又毫無生氣……就像摸到死人一樣。」

我這麼說原本是想寬慰他，但不知他如何解讀的，竟然臉色丕變，連聲招呼也不打便掉頭走人。我從沒見過如此歇斯底里的人。

某天，我們一起在渠道旁散步，渠裡還有水牛在泡澡。岸邊長滿了不知名的雜草，五六條小蛇被我們的足音驚擾後竄出草叢，一溜煙衝進渠裡。我踩到一隻來不及溜走的小蛇，牠趁勢纏住我的鞋頭，害我下意識摟緊勝田。豈料勝田竟像見到凶神惡煞一樣，把我的雙手用力甩開、逃之夭夭。後來我才知道，他不是看我踩到蛇所以慌了手腳，而是被我的尖叫聲給嚇壞了。

驚魂甫定後，我發現勝田緊緊摀住耳朵，閉著眼睛臉色鐵青地在發抖。沒想到我突如其來的尖叫，居然對他產生了這麼大的刺激，出於愧疚，我向他道歉：

「對不起，但我實在太害怕了，才會不自覺發出尖叫。」

勝田神色駭然，口中唸唸有詞：

「為什麼要尖叫呢？啊，好可怕——」

一個大男人怕成這副德性，反倒令我覺得有點好笑。

「因為我真的嚇壞了，以為自己要死了嘛。說不定人之將死，真的會發出這種叫聲哦。」

我只是想開個玩笑，但勝田似乎當真了。他一動也不動地瞪著我，冷不防地發起哆嗦。聲稱自己受了風寒、不太舒服後，他便迅速離開了。我留在原地，啞口無言，目送他的背影良久。這人不僅僅歇斯底里，簡直是個瘋子。是大使拜託我，我才好心陪他，他卻這麼瞧不起人！我獨自走在安靜的街道上，回程時心中滿是對勝田的怨懟。

不久，芒果雨[2]的季節已過，令人望眼欲穿的雨季即將到來。但對於渾身是病的勝田而言，潮濕的雨季可是大忌。

在這個國家挨過漫長雨季，對健康百害而無一利，因此勝田不得不向我們道別。

勝田常說，這個國家氣候惡劣、生活不便，卻很自由，他非常喜歡這裡。但回國的日子終究定了下來。勝田自那以後便悶悶不樂，三天兩頭往我家跑，賴在我身旁不走。隨著回國的日子逼近，他的話也愈來愈少，眼神滿是憂鬱，像是藏了什麼心事，他那副模樣，令我有種不好的預感。

勝田一早就要搭法國的船隻回去了。公使率領幾位主要館員及我們夫妻倆，一路送他到船上。他比我預料的有精神，大夥便在甲板上開香檳，慶祝他啟程。那時，他說要帶我參觀他的房間，我跟去後，他從輪船行李箱裡掏出一個紫色的絲綢小包袱，說：

「我邀妳來，其實是要送妳紀念品。」

我接過包袱，正要打開時，勝田連忙按住我的手，慌慌張張地說：

「不、不行，現在不能打開。」

他的手依然沒有鬆開。

「我是出於信任，才把這交給妳。到日本後我會發電報，等妳收到電報再立刻打開。」

「就照你說的做吧，但一定要立刻發電報給我哦。你叫我別打開，反倒令人更好奇了。裡面到底裝了什麼？」

我拎起包袱在他眼前晃了晃，刻意表現得像個孩子般興奮，試圖釋出最後一分善意。勝田什麼也沒回答。或許是我多心吧，他望著我時的微笑顯得好落

譯註2　東南亞地區的四月陣雨，因有助於芒果成熟而別名芒果雨。

寞。這種道別的場合，尤其是送人上船，只能看著對方的身影漸行漸遠，教人不勝唏噓。我的眼神始終離不開他揮舞帽子的乾枯細手。

將包袱帶回家後，我遵照勝田的吩咐，沒有打開，直到二十幾天後，傳來一則報導：船隻抵達了新加坡，勝田轉搭郵輪公司歐洲航路的船隻，卻在到達香港的前一晚，未留下任何遺書便離奇投海自盡。

報導只說是勝田極度精神衰弱所致，此外隻字未提，但我卻有種不出所料的感覺。我立刻打開勝田給我的絲綢包袱，裡面有一封寫給我的長信與一個鑽戒。那封信我還小心翼翼地保存著，不過信皺皺的，不太好讀。妳要看嗎？」

夫人說完，將長信遞給我。

3

——致S夫人

自從在鱷寺與妳邂逅，我便忍不住一親芳澤，為此苦不堪言。莫非是我認錯人？或者只是一時心迷意亂？我不斷逼自己冷靜、看仔細、想清楚，最後確定這並非錯覺。妳實在太像我的妻子了。與妳談天，彷彿愛妻起死回生對我說話。我不願與妳分別，想長伴妳左右、永不離開，可惜天下無不散的宴席。離別之前，我想將我的祕密向妳一一坦白，讓妳看清我這個人的好與壞。這個可怕的祕密，不僅使我飽受煎熬、憔悴不已，還幾乎奪去我的性命。這兩年來的苦悶，將我折磨得不成人樣，形同廢物。

我不知道自己還剩多久能活，至少在死前，我想讓妳看看真正的我，看清眼前這男人的面目。請妳耐心讀到最後。

說來難以啟齒，我對妻子的死始終無法釋懷。故事得回溯到許久以前，我在妻子還是學生時便認識她，排除萬難才抱得美人歸。妳可曾想過，男人對女人的愛可以有多深？

我從未想過妻子會早我一步離去。我一直以為只要好好休養，雖不至於痊癒，但總能活著。

妻子會咳嗽，醫生不許她說話，但晚上狀況不錯，聊了一會兒也沒發燒，於是我在妻子的枕畔，向她提議一個月後就搬去熱海靜養。妻子聽了很高興。在旁人眼中，或許還以為我倆是熱戀的情侶呢。一想到要帶妻子去熱海平靜地生活，度過兩人世界，我彷彿也回到了新婚燕爾之時。事後回想，妻子當下之所以沒發燒，無非是體力衰退，連對抗病魔的力氣也沒有了。一無所知的我還以為病況好轉，醫生也難得允許我和妻子多聊一會兒，其實是因為他知道已回天乏術，為了不讓我留下遺憾，才施捨了這麼一點溫情。我卻什麼也不知曉，還沉浸在喜悅裡，真是愚蠢透頂。許久沒和妻子好好聊天的我，踏著輕快的步伐回家，卻在家門口脫鞋時，接到醫院來電通知妻子病危。我心急如焚地趕去醫院，卻為時已晚。

妻子想要翻身，突然心臟麻痺，隨即如槁木般倒下，奄奄一息。

明明一小時前人還好好的，還開心地陪我聊天，怎麼轉眼間就天人永隔了？我實在難以置信。

大家都說，喪偶會肝腸寸斷、淚如雨下，但太過傷心反倒連淚都流不出來，用茫然來形容我，再適合不過。我無暇顧及其他事情，因為我連自己的心都迷失了。親人們勸慰我、稱讚我有一名賢淑的妻子、同情我，但我根本沒心情聽那些場面話。他們怎麼不自己來嘗嘗這種滋味？嘗嘗無可取代的摯愛被死神奪走有多麼痛！我已經再也見不到髮妻了，我被孤伶伶地拋下了。他們怎麼不想想，比起逝者，留下的另一半有多難熬？而他們居然還笑得出來，我巴不得衝向那群連夜趕來嘻嘻哈哈說閒話的堂妹，痛罵她們一頓。於是我把自己關在書房裡不吃不喝，枯坐在椅子上徹夜不眠，一待便是兩三天。

「弟妹人美心也美，一定能順利成佛。」

一名堂姊這樣安慰我，我咋舌瞪了她一眼。

「閉嘴，妳憑什麼對我妻子品頭論足！」此話差點沒脫口而出。沒有什麼比評論亡妻更令我火大的了。妻子是我的，不是你們的。我多想抱抱只能在腦海中相逢的愛妻，讓她像平常一樣安慰我。夢中的妻子依舊優雅如昔，夜晚頓時成了我的避風港。但每到深夜我又會害怕，醒來時枕頭也經常被淚水濡濕。好想死，不如我也去死吧。

家人注意到我的異狀，無時不刻緊盯著我，以免我隨妻子而去。我無法尋短，只好苟且偷生，但如今一想，當初真該一死百了。若我那時就死了，也不至於犯下如此滔天大罪。

我有一個朋友十分同情我的遭遇，他從學生時代便對靈學頗有研究，老愛找我聊些怪力亂神的事情。若是以前的我，一定會對他的話嗤之以鼻，但現在不然。因為再也沒有什麼比他所說的，更能令我燃起希望。「人不會死，那只是肉體消失了，靈魂還留著。」他如此鼓勵我。「連科學家威廉克魯克斯[3]都深信了，你沒有道理不信吧？」他那自信滿滿的一席話，教我永生難忘。根據他的說法，透過靈媒便能與亡者交談，打開靈眼的話，還能見到祂們。多麼美妙的救贖啊，沒有什麼比這更令我欣喜若狂的了。

譯註3 William Crookes（一八三二—一九一九），英國物理學家、化學家，晚年熱衷於鑽研靈學。

但我依然半信半疑，於是瘋狂瀏覽了朋友送我的靈學書，還調查了該去哪裡才能找到靈媒。

我立即動身，就算只是白忙一場也無妨。萬一成功，還有什麼比這更值得慶祝呢？一想到這兒，我便一刻也待不住，於是我偷偷摸摸地，按照得到的地址，來到了位於青山北町的靈媒宅邸。

原以為靈媒會穿著紅色褲裙，打扮得像巫女一樣，但我錯了。屋裡連神龕也沒有，平凡無奇的房間裡，只有一名普通裝束的女子梳著三七分頭，端坐在那兒。她身旁放了一張小桌子，一名白髮蒼蒼、莊嚴肅穆的老者坐在桌前。我聽說那是「審神者」，大概就是判官一類的角色吧。

見到女靈媒的容貌，我大吃一驚。她不僅氣質優雅、還是個沉魚落雁的美人，而且酷似我逝世的愛妻。就連微笑時嘴巴勾起的弧度、明亮睿智的雙眸、唇角的小黑痣都彷彿是一個模子刻出來的。

我拜託她為妻子招魂。女靈媒閉起眼睛、挺直身體、雙手合十，過了一會兒，她的氣息完全變了，變得和妻子一模一樣。她靠了過來，似乎非常思念我。這表示妻子的靈魂附在女靈媒身上了吧？她的舉手投足、一顰一笑、乃至說話的聲調，都與妻子生前無異。妻子的靈魂與高采烈地握住我的手，我永遠忘不了她的手有多麼冰冷，冷得令人發寒。

我與她聊了許多，幾乎可以肯定她就是我的妻子而非他人。歡天喜地的我高興得都忘了時間。不久，妻子的靈魂離去，我卻依然魂不守舍，沉浸在美夢裡。

「聊得還盡興嗎？」

女靈媒笑盈盈地問道。啊，她的笑靨，與夢中的妻子如出一轍。

我欣喜若狂、激動不已，連忙對這名不可思議的女靈媒致上深深的謝意。

離開後，走在街上的我依舊飄飄然。只要來這裡，隨時都能見到妻子，這份嶄新的希望令我拋下了一切煩惱，心情豁然開朗。回家以後，我腦中不斷播放著今天的神奇遭遇。在書房一閉上眼，女靈媒的倩影便清晰地浮現於腦海，因此隔天我又出門了。

隔天的隔天、隔天的再隔天……每天都去靈媒所報到。

「多招魂可以勸慰亡靈，助祂們早日淨化，這對亡靈也有好處。」女靈媒對我說。不僅我高興，亡靈也能得到安慰，再也沒有比這更棒的事了。只要透過一次又一次的招魂，我一定能逐漸走出失去妻子的陰霾。

跑靈媒所成了我每日的功課。外出時我只去那裡，其他時間便關在書房，誰也不見。

這一切就像美夢成真，但萬一只是我的幻覺，那麼即便沉浸在這神奇的喜悅中再快樂，也絕不能向他人提起。要是被知道了，人們肯定會議論紛紛勝田家出了個瘋子，拿我們當笑柄。但或許我是真的瘋了，真的迷失了吧。

但迷失又如何呢？能從酷似妻子的人口中，聽到亡妻說話，夫復何求？

獨自待在書房時，我依然三不五時在心裡與女靈媒對話，有時還會不自覺地笑出來。家人覺得我變得更古怪了，老是用狐疑的眼神看我。

但我不在乎。然而，原本我只是想見見妻子，以為這樣就能滿足了，隨著日子過去，我的欲望卻愈發膨脹，光是透過他人仲介，單純見面、對談，已經無法滿足我。我想和女靈媒（第二、三天我便得知她的芳名——小宮山麗子）兩人獨處，我甚至希望她永遠陪在我身旁，隨時隨地與我談天。

一個偶然的機會，令我達成了心願。但家人一再囑咐我要維持家族的體面，因此我找麗子時都是用化名，也從不讓她到家中。然而麗子未婚，我又喪妻，使我逐漸萌生續弦的念頭，但又怕周遭人反對。就在我左思右想該如何讓家人答應時，將妻子遺物分送給親朋好友的時刻到了，為此我必須從妻子的衣櫥到隨身物品全數清點一遍。妻子過世時的回憶再度甦醒，寂寞向我襲來，但我依然一件一件地慢慢整理。妻子愛穿的小袖和服、簪在濃豔黑髮上的翡翠玉飾，每一樣都勾起我的哀愁，令人依依不捨。為何這麼急著分遺物？放一年也無所謂啊？為什麼周遭的人都巴不得迅速了事？就在我發著牢騷，一面小心翼翼整理遺物時，忽然瞥見衣帶裡夾著白白的東西，我不以為意抽出一看，那是一個白色信封，收件人是妻子。看寄件人的姓名，顯然是個男人。信似乎很舊了，泛著點點黃斑，我驚覺發現了什麼不該看的東西。我把信拿在手上，內心糾結不已。該打開來看嗎？還是不呢？我希望妻子是純潔無瑕的，可是一旦起了這個念頭，就愈想揭穿謎底，幾經掙扎後，我還是拆開了信封。那是妻子當海軍的表哥捎來的信，信裡沒什麼可疑的字句，不論誰來看都挑不出毛病。從信件內容只看得出兩人曾一道喝茶，但妻子是私下與他見面的，我毫不知情。僅僅如此，便令我懷疑字裡行間藏著什麼弦外之音。我急著想從這白色的信紙上，揪出文字以外的蛛絲馬跡，忽然想起妻子曾說過，以前和這位表哥談過婚事。當時我並未放在心上，現在卻像重大刑案一樣，被我從記憶中挖出。我與那表哥有過一面之緣，如今一想到他充滿男子氣概的臉龐，便令我醋勁大發。我揣摩著妻子的心，若是普通人寄來的普通信件，會這樣小心翼翼地藏在衣帶裡？我愈想愈悶，懷疑兩人之間有什麼不可告人的祕密。我全心全意地愛她，她卻把這樣的祕密藏在上鎖的抽屜裡，女人的縝密真是可恨。多殘酷啊——我的心哀號著，我決定找麗子招喚妻子的靈魂，向她問個清楚。但不巧的是，麗子當天受邀至六條伯爵家，害我撲了個空。

我的個性是愈不讓我見，我就偏要見，更何況心中已有疑竇。我恨不得早一刻得知真相，她卻不在，肯定是心裡有鬼才避而不見。那時我已經把妻子和麗子混淆了，所以根本沉不住氣。好不容易等到麗子回來，天色也不早了，我便把麗子帶去了我家。

麗子曾說過想到我家走走，便欣然跟來。那時我與她已有了親密關係。

我相信麗子也察覺我的目的了。我家雖然人丁單薄，房子卻很氣派，庭院更是遼闊，池塘對面有茶室，我經常在那兒招待好友。進大門後，只要打開玄關旁的柴門，就能直接通往庭院，抵達茶室，一路上不會遇到任何人，於是我將麗子帶了過去。家人對我古怪的行徑早已司空見慣，即使沒通報一聲，待到三更半夜才回家，不睡主屋反而跑到茶室過夜，也不會有人起疑。只要我不喊人，女傭也不會過來，無人打擾，正合我意。

隔天我佯稱受了風寒，請女傭從主屋送食物來，接著便與麗子整日關在茶室，享受美好的兩人世界。我數度請麗子替妻子招魂，她卻百般推託。

「你說愛我，不過是因為我能招喚尊夫人的靈魂，其實你眼中根本沒有我。既然你只把我當成靈媒使喚，我又何必和你在一起？

讓我走吧。」

她對我鬧脾氣，就是不肯招靈。我好不容易把她帶到這裡，豈能讓她白白回去？於是我好說歹說，哄了又哄，直到大半夜她才答應。

自傍晚開始，屋外風雨交加，雨水淅瀝瀝地打在屋簷上，無法輕聲說話，我必須用吼的才能和妻子的亡靈對談。首先要問的當然是那封信，面對質疑，妻子表現得很坦然，娓娓道出她與信中男人的關係。

世上再也沒有比疑心病更難纏、更恐怖的了。我的心被可怕的猜疑攪得一團亂，幾近發狂，亟欲挖出真相。真蠢，妻子早已離開凡間，我卻急著證明過去妻子的身心只屬於我一人，甚至為此苦不堪言，多麼可悲啊。這一帶地勢高又鄰近郊區，非常寧靜，風聲停歇時可以聽見蛙鳴。我眼前的麗子，清瘦的臉頰微微鼓起，一雙披著長睫毛的閃亮眸子輕輕闔上，嘴角漾起甜蜜的微笑，開心地說著與舊情人的往事。我聽了，額上不斷冒出涔涔冷汗。激動之下，我開始咄咄逼人，但最關心、最想知道的部分，卻連問都不敢問。我只敢旁敲側擊，不願開門見山，原來我是如此害怕真相。然而麗子卻若無其事地自己坦白了，我頓覺五雷轟頂，彷彿連呼吸都停止了。接著，全身血液往腦中流竄，身體突然發寒，不停顫抖，我咬緊牙關，眼前時明時暗，燈火化為一團漩渦。我失去理智，猛然站起，狠狠勒住了麗子。那當下除了麗子柔軟的肉，與我使勁全力的雙手，我什麼也不記得。那一瞬間她發出慘叫，就像妳在溝渠旁被小蛇驚擾時一樣。那尖叫如今依然在我耳邊盤桓不去。

回過神來，我已犯滔天大罪。我成了必須在光天化日下接受審判的罪犯。因為麗子已經癱軟在地上，奄奄一息了。

我一片茫然，好一陣子腦中都是空白的。但我並不悲傷、也不害怕，只覺得心被掏空，愣愣地望著眼前的屍體。

原本停歇的雨再度落下，遠處傳來陣陣蛙鳴，現在我依然記得那青蛙的叫聲。冷靜下來後，我突然害怕起來。

起初我決定天亮就自首，腦海中卻突然浮現女兒的身影。抱歉一直瞞著妳，其實我有一個女兒，是勝田男爵本家的繼承人。哥哥沒有孩子，因此女兒出生後便被收為養女，在本家長大。平常我們不住在一起，我也不怎麼管她，現在卻突然擔心起來。她繼承了母親的美貌，深得養父母疼愛，不久便會承襲萬貫家財、成為前途無量的男爵夫人。倘若我自首，豈不是毀了她的將來？想到女兒會從幸福的巔峰跌落不幸的谷底，我頓時從迷茫的夢中清醒。我真蠢，竟然放任自己發瘋，犯下這種令人髮指的惡行——我實在沒有臉活著。

桌子的抽屜裡有嗎啡注射液，也有安眠藥。

但要是我現在死了，世人會作何感想？與貌美的女靈媒雙雙殉情，要勝田家情何以堪？

苦悶、懊惱……世界上所有的詞彙，都不足以傳達我的心境。那一晚就像度過了百年般漫長，最後我腦中閃過一個計畫。我沒有更好的辦法，只好執行這項計畫，直到今日。

我的計畫是，先將屍體偷偷藏起來，苟活一、兩年，等到風聲都平息了再自殺。

四、五年前，我向信託公司租了一個位於地下室的金庫，大小約一坪[4]。那座金庫戒備森嚴，必須同時使用當事人及公司的鑰匙才能

譯註4　一間等於一・八二公尺，一坪約等於一・八二公尺×一・八二公尺，約三・三平方公尺。

打開。我將麗子的屍體裝進行李箱，藏到金庫裡，預付了兩年的保管金，便以養病的名義到國外旅行。

我是信託公司的老客戶，他們相當信任我，絕不會起疑。而我神經衰弱已久，家人都覺得去國外散心或許能改善病情，因此大力贊成我出遊。天時、地利、人和，無一不備。

我遊歷了法國與英國，罪惡感卻始終揮之不去，害我猶如行屍走肉。我對任何事物都提不起勁，光是等待時間流逝就苦不堪言。這雖然是我罪有應得，但未免也太荒謬。每當我思念妻子，麗子的面孔也一定會浮現，更是令我百般煎熬。

妻子原是我的溫柔鄉，如今卻連思念她都痛苦，多麼可悲啊。只因為一時衝動，聽到那些夢囈般的話語便喪失理智，犯下殺人罪，簡直愚不可及。每想到這，我就羞愧、懊惱地渾身冒冷汗。

我日夜愁眉不展、鬱鬱寡歡。原來打從心底笑，發自內心感到幸福，是如此難能可貴的事。

活著實在太痛苦了，唯有自殺一途才能助我解脫。

事到如今，尋死反倒令我看見了一線光芒。我已無法承受良心的苛責繼續苟活在世上，再這麼自我折磨下去，未免太過狼狽。這封只寫給妳的自白信，要如何處置隨妳高興，但妳若是可憐我，同情我為了守護女兒的幸福，兩年來水深火熱，形同枯木、半死不活，相信妳絕不會忍心毀了小女的大好前程。

4

我讀完信，還給夫人。她把信收回匣子裡，說：

「後來我看了勝田夫人的照片，不僅不像我，和小宮山麗子也一點都不像。那全是他的錯覺，是他把心儀的女子都看成了自己的夫人。倘若這封信上的內容屬實，勢必得交給日本警察，但我與先生商量後，先生只說『這是神經病的創作吧？』我也就放著不管了。

後來大約過了一個月，日本國內報紙下了一個斗大的標題：『信託公司金庫內挖出乾屍』，指出勝田家承租的大型金庫內的行李箱裡，藏著一具乾屍。後來又有報導陳清，那具乾屍是勝田夫人。我與先生得知後，兩人面面相覷，苦笑不已。」

香水膏

那尊爵士像實在是小巧可愛，我拿在手上把玩，發現高禮帽可以像螺絲一樣轉動，轉著轉著，忽然啵的一聲，帽子居然掉了下來。原來高禮帽是蓋子，裡頭裝著馥郁的香水膏，是擦在耳後的香水。

1

五、六名有錢有閒的貴婦，辦了一場「獵奇驚悚大會」，邀請S夫人共襄盛舉。

「我們想請妳分享一則有趣的祕聞。」

幹部A夫人話語剛落，其他夫人便七嘴八舌提出要求：

「要稀奇古怪，不要普通的。」

「我想聽高潮迭起的故事。」

「最好是真人真事，不要虛構。」

「如果是杜撰，那就一點也不刺激了。」

S夫人笑著端起桌上的紅茶，潤了潤唇瓣，環視眾位夫人的臉孔後，悠悠地講起故事。

「這是我為了調查某個事件，到支那時發生的事——

某大公司分店長K氏的夫人，在自家門口慘遭不明人士殺害，相信大家都還記憶猶新吧？那位夫人美麗、賢慧，還是虔誠的基督徒，人讚人誇的她也因此聲名遠播。

當時有個人稱『鼠色[1]之男』的殺人魔頻頻犯案，攪得人心惶惶，不過誰也沒見過他的真面目。巧的是前一年東京說教強盜[2]也很猖獗。鼠色之男始終沒落網，名號愈來愈響亮，世風敗壞下各方宵小盡出，教人提心吊膽。或許是人性本惡吧，無獨有偶，一時之間到處都有兇殺案，大都會竟然成了人人自危的煉獄。不僅有女服務生在大白天遇害，傍晚也有舞者在舞廳跳舞時被男舞伴刺穿心臟一命嗚呼，還有豪宅遭強盜入侵後女主人中槍身亡。死者都是女性。

譯註1 日本對銀灰色的傳統稱呼，命名自老鼠的毛色。

譯註2 指闖空門後，反倒責怪屋主粗心大意的竊盜犯。

不知這是否都乃鼠色之男所為。據說鼠色之男原本只是普通的強盜，為避免被認出來才殺人滅口，但風聲卻漸漸變了，變成他不僅僅是殺人越貨，而是嗜血。還有人振振有詞、彷彿親口從他口中聽聞般，說他的目的是汩汩鮮血——女人的血、美女的血，因為雪白肌膚遭鮮血染紅的瞬間太美了，會令他產生難以言喻的快感，是鮮血誘使他一再犯案。後來又傳出不一樣的謠言，說他並非為了滿足私慾而殺人越貨，因為每次在他犯案完不久，都會有個男人帶著若干銀兩幫助窮人。那名救濟貧民窟後消失無蹤的男人，正好符合鼠色的形象，想來他就是鼠色之男吧。謠言傳久了難免三人成虎，開始有人稱他是劫富濟貧的義賊。人們因為猜不透他的真實身分，對他充滿興趣，畏懼他的同時卻又仰慕他，陷入矛盾裡。

殺害K夫人的兇手肯定是鼠色之男，但警方始終逮不到他，被害者先生氣憤之下，一狀告到了領事館，嚴正抗議支那警察辦事不力。

之後過沒多久，嫌犯便落網了。但抓到的是個猥瑣膽小、弱不禁風的苦力，哪裡是意氣風發、享有鼠色之男威名的義賊呢？八成是警方顏面無光，只好花錢買了個假犯人吧。

但神奇的是，自從那男人落網後，鼠色之男也跟著銷聲匿跡，再也沒傳出他犯案的消息。究竟抓到的是真兇？抑或是義賊聽聞有人代替自己服刑，愧疚之下決定改過向善？沒有人知曉——

接下來的故事主角，正是那名沉魚落雁的K夫人。在她遇害約兩週前我曾與她巧遇，而且不只一次。過去我與K夫人素未謀面，卻在她辭世前三番兩次相逢，是不是很巧？前提居然講了這麼久，真是失禮了。」

2

「那天我很晚才吃飯，剛飽餐一頓，喝了口咖啡，桌上電話便鈴聲大作。我右手端著咖啡，急忙將話筒貼到耳朵上，裡頭傳來助手的聲音：『南京的旗輪飯店剛發生一起命案。』我雖然想親赴現場，但畢竟不是警方的人馬，不確定能否入內搜查，但我剛好認識旗輪飯店的老闆夫婦。這對夫婦曾在我親戚家擔任廚師和女傭，兩人盡忠職守，工作表現相當出色，我不只在飯店開幕時幫過他們一把，後來也頗照顧他們。因為這層緣故，我向夫婦倆提起我要去調查時，他們都願意通融。其實我對這椿命案並不是特別感興趣，但既然助手通知我了，我好歹也去看一下，便披上短風衣出門了。

天色才剛暗，住宅區一帶已經冷冷清清。大宅櫛比鱗次，卻只有零星的戶外燈孤單地亮著，望過去一片灰濛濛。就在我正要轉進小巷時，前方忽然冒出一名女子，險些與我撞個正著。

與她擦肩而過時，我忍不住深吸一口氣，心想『好香的味道！』那是侯比甘的花語淡香精[3]，擦這種香水的人要不是時尚名媛，就是社交界的貴婦。我回頭張望，想看看她是誰，這一看完全勾起了我的興趣。她繫著圍裙，打扮得像女僕，瘦弱矮小的身軀穿著樸素到極點的廉價洋裝。她戴著一頂巨大的帽子，遮住了泰半容貌，我猜大概長得不怎麼樣。她的身體似乎不太舒服，必須扶著住宅長長的圍牆，才勉強能彎著身子、踉踉蹌蹌地向前走。看她隨時都要倒下的模樣，也有可能是個病人。這麼說來，方才擦肩而過時，她的喘息聽起來很痛苦，就像肺病患者一樣，然而這樣的女僕——居然抹著侯比甘的香水——

我在原地站了好一會兒，目送她的背影，忽然湧現一股好奇心，想跟在她後面看看。

我一路尾隨，每當她轉身就趕緊躲起來。但就在我於圍牆盡頭左轉，來到第五、六間房屋前時，卻忽然跟丟了。我猜她應該是轉進了附近的小巷，然而街燈都沒亮，四周黑漆漆的。不過仔細一瞧，原來那裡有一間以低矮臨時板牆圍起來的獨棟樓房，可是室內沒有透出一點燈光，一片靜悄悄的，不

譯註3 法國香水品牌「侯比甘」（Houbigant）推出的複合花香調。香氣馥郁優雅，宛如百花齊放。

像是有人住。看雜草已經侵門踏戶，房內也烏漆抹黑的、無人打理，想必是棟空屋吧？

難道是我看錯了？這種空屋應該不會有人進去才對，但我總覺得不太對勁，索性就站在屋前。我應該站了滿久的，又或許只站了十五、二十分鐘——忽然，小門被悄悄推開，剛才的女子走了出來，我趕緊躲到行道樹後面。

女子小心翼翼地四處張望，經過我躲藏的樹後，隨即邁開步伐。

我一看大吃一驚，她的一身華服簡直判若兩人，而且從頭到尾無懈可擊，都是最流行的昂貴款式。或許是換了高跟鞋吧，連身材都高䠷不少，走起路來風姿綽約。我藉由街燈匆匆一瞥，她的側臉美得驚為天人。

這跟方才的女子真是同一人？

她為何要喬裝？難道是剛參加完化裝舞會？不對，時間還太早了。

據說有些貴婦會喬裝跟蹤丈夫，想知道丈夫跑去哪偷腥，也有些女人喬裝出門，單純是為了刺激有趣，但那都只是一時好奇而玩的遊戲，美其名叫做喬裝，實際上不過是多戴一副眼鏡或者換一套髮型，馬上就會穿幫，講白了就是外行人。

但這名貴婦的喬裝太過巧妙，而且駕輕就熟。若僅僅是為了興趣或好玩，不可能如此精湛。不過這麼一來，香水之謎總算解開了——

貴婦接著走了大約十分鐘，進入一棟位於轉角的豪宅。看女傭出門迎接時的態度，我很肯定她是這裡的女主人。

看向門牌，才知道那是何方神聖，原來是K夫人。」

3

「我因為跟蹤而耽擱了時間——抵達旗輪飯店時，店裡靜悄悄的，櫃台也沒有人在，看樣子已經平息風波。或許是距離案發已經過了一段時間，飯店一切如常，一點也不像剛剛發生過命案。

我朝櫃台旁的茶水間探頭，發現飯店老闆張氏夫妻正交頭接耳，不知在說些什麼。

『哎呀，您來啦！』

張先生熱情地起身，上前迎接我。

『不是發生命案了嗎？』

張太太帶著笑意，看了看丈夫與我的臉。張先生尷尬地笑著說：

『那是烏龍一場——有個冒失鬼以為鬧人命了，搞得雞飛狗跳，結果只是生病猝死。沒事的。』

我感到有些失望，難怪飯店內那麼平靜。

『真的是病死？』

『醫生和警察說是中風猝死。』張太太補充道。

『嗯，那太好了，否則要是鬧命案，就沒有人敢來住了。中風的話那也沒辦法，對飯店而言也算是不幸中的大幸。』

『要是一開始知道是病死，就不必虛驚一場了。剛才真是嚇壞了，大家都亂成一團，連警察也來了——』

換言之，死因確定是中風，大夥也都一哄而散了。但我既然來了總不能空手而歸，好歹要看一下疑似命案現場的房間。於是我拜託他們帶路，張太太一口就答應了。她走在我跟前上了樓，抵達最底部的十三號房，打開掛著牌子的房門。

那是一間簡陋、寒酸的客房。遮擋陽光西曬的窗簾滿是污點，牆上也處處是漏雨後留下的地圖狀水痕。死者趴臥在牆角的床上，頭部遮著一塊白布，身上蓋了一條小毯子。

『不知殯葬業者什麼時候才要來收屍。畢竟這位客人午餐時段入住，傍晚身體就冷了，代表他才登記沒多久就病死了。何況身分也不明，真是傷腦筋。』張太太咕噥道。

我朝死者行了一禮，正打算離開房門，卻瞥見花旗松製的粗糙床腳下，掉了一個白色的小東西。我撿起來一看，那是一尊象牙人偶，大約只有小指那麼大，不過小歸小，仔細一瞧原來是一尊頭戴高禮帽的爵士立像。看來警察是覺得這跟命案無關，便沒有仔細調查。

那尊爵士像實在是小巧可愛，我拿在手上把玩，發現高禮帽可以像螺絲一樣轉動，轉著轉著，忽然啵的一聲，帽子居然掉了下來。原來高禮帽是蓋子，裡頭裝著馥郁的香水膏，是擦在耳後的香水。

我用小指抹了一點，湊到鼻前一聞。咦？這個香味……不正是剛剛才真相大白的『侯比甘花語淡香精』嗎？我將香水膏交給張太太，問道：

『我在房間地板找到這個，張太太，這是妳的嗎？』

張太太嚇了一跳，將香水瓶牢牢握住。

回到茶水間後，她把香水瓶交到丈夫手中，說：

『是那個人——是她慌忙離開時掉的。』

張先生抹了一點香水膏，他聞了聞味道，訝異地望著香水瓶：

『這是第十三號房客人的香水，她每次經過櫃台，都會傳來這股香味。』

4

『客人？男的？女的？』

『女的──』張太太甫開口，看見丈夫的臉色後，便把後面的話吞了回去。

張先生若無其事地接著說：

『十三號房是那名女僕租來與情人幽會的。她出手闊綽，總是預付一個月房錢，兩年來從未中斷，也不曾賒帳賴皮，可說是我們旅館的貴客──可惜遇到這種慘事，她恐怕不會再來了吧。』

張先生半是自言自語、帶著幾分遺憾說道。張太太沒好氣地望著丈夫：

『我不是早就提醒過你嗎？叫你別把那間房空出來給別的客人，你偏要。都怪你貪心，才會搞出今天這麼一齣。』

『話可不能這麼說，兩年來她就只有這次連來兩天，我怎麼知道她昨晚剛來，今晚又跑來了？真是飛來橫禍，要不是那女僕鐵青著臉大喊殺人啦！殺人啊！也不至於鬧得這麼大——』

『那是人之常情。自己租的房裡死了個陌生男人，任誰都會嚇得魂飛魄散吧。夫人，您說對不對？何況那人腦滿腸肥，還流了一臉鼻血，怪噁心的。不過女僕膽子也真大，要是我就當場昏倒了。』

『女僕是個什麼樣的人？』我向夫妻倆探聽。

『我沒仔細看過她的長相——她總是在傍晚櫃台最忙、客人最多的時候來，再加上她有鑰匙，不必到櫃台辦理手續，所以總是一下就上樓，然後又神不知鬼不覺地回去。她不曾過夜，也沒來過餐廳，雖然是月租，卻偶爾才來。所以老實說，您問我她長什麼樣子，我也答不上來。那女僕很花心，幽會的對象經常不同，男人換個不停，但都是洋鬼子。真搞不懂那女僕哪裡好？身材乾乾癟癟的，又不懂得打扮，衣服還破破爛爛的。』

『但人家姿色不錯。』

『意思是，那女僕跑來幽會，結果在自己租的房間裡發現一名陌生男子，而且那人已經死了？』我複述一遍。

張先生縮著脖子，笑著說：

『那名客人是在今天中午左右來的，他一進飯店立刻就到餐廳點了午餐。我看他酒量很好，又是葡萄酒、又是威士忌的，大吃大喝了一頓。酒足飯飽後，他大概是想睡覺吧，便叫櫃台準備一個房間，帶他去休息一會兒。不巧當時一個空房也沒有，我只好借用一會兒那女僕租的房間，並為他帶路。女僕昨晚剛來過，我心想她總不可能今晚又來吧？何況以前那個房間空著時，我也是照樣把它給其他客人——而且那名客人並不打算久待，他說他五點就得走，還要我叫他起床呢。但我一忙起來，就把他拜託我請他起床的事給忘了。要是我五點就去敲門，事情也不至於鬧這麼大——』

『至於那女僕是何時來的，我們還真不知道。』

此時張太太似乎想起了當時的什麼趣事，噗嗤一笑，張先生也忍不住笑了起來，見我表情嚴肅、聽得認真，才害臊地扭捏著身子，繼續說道：

『那女僕八成以為床上躺的是她的情人，問完親愛的，你睡覺了嗎？就鑽進被窩，抱住那死人，忘我地吻了起來。發現親起來怎麼冷冰冰、怪噁心的，仔細一看才發現不僅認錯人了，而且那人還微微翻著白眼，一動也不動。女僕一定嚇死了——嚇得神智不清了——才會大喊殺人啦！殺人啦！還從樓梯上摔下來。我將她扶起，問她發生了什麼事？她氣得火冒三丈，呸呸呸地吐著口水，還拚命用手帕擦嘴。』張先生捧腹大笑，張太太也忍不住笑著說：

『死人的嘴唇一定冰得不得了吧——何況還是那個胖男人——』

『可是——她未免也太心急了吧？』

張太太聽了，笑瞇瞇地回答：

『哪會，熱戀期不就是這樣。』

『與她幽會的是什麼樣的人？』

『洋人，一個年輕帥哥。』

『那男人今晚沒來嗎？』

『來了啊。那時正鬧成一團，他匆匆進來後，一看到警察就落荒而逃了。女僕眼睛也很尖，一見到那男人就如一陣風穿過人群，衝到馬路上了。這群怪人還真是莫名其妙。』

究竟那女子是不是K夫人呢？聽完張氏夫婦的描述，我還不敢肯定她就是K夫人，但我在路上剛遇到那名女僕打扮的女子時，她的喘息聽起來很痛苦，若非重病，應該就是遇見了什麼驚悚的事，總之絕不正常。然而從那疑似空屋的房子出來時，她看起來卻一點也不像個病人。

聲名遠播的賢慧夫人、對死人投懷送抱的女僕、香水膏，對我而言都是謎團。

自那以來，我就對K夫人產生了濃厚的興趣。」

5

「隔天，我為了參加了某人的告別式，提早前往教堂。我猜那位夫人一定會出席，果不其然，告別式結束時，我見到了穿喪服的她。她的優雅與美麗，足以抹去我眼中的疑慮。恐怕是我弄錯了吧？應該是我認錯人？我被搞糊塗了，但根植心中的好奇心可不允許我以認錯人為由草率結案。於是我決定從那晚開始跟蹤她。

隔天以及再隔天她都沒有出門，直到第三天下午，K夫人才盛裝打扮，搭乘自家轎車，參加了祈禱會、歡迎會、下午茶會、答謝宴會，度過了半天充實忙碌的社交生活。抵達最後一間宅邸時，她請司機先開車回去，在屋裡悠閒地聊了許久，或許是已經不趕時間了吧。離開宅邸時已將近黃昏，天色暗得得看不清人的臉孔。

K夫人攔住了路上的一圓計程車[4]，低聲下達指示。我也攔下了一圓計程車，吩咐司機跟在她後面。

我猜她一定不會回家，果不其然，計程車往反方向開，停在一棟偌大的建築前。這一帶有許多類似的高樓林立，白天車水馬龍，晚上卻異常安靜。

K夫人推開大門進去，接著立刻走向地下室。此處的地下室是豪華氣派的遠東舞廳，以外國人雲集而聞名，只是人潮已愈來愈少，不如過去繁華，不過聽說最近舞廳做起了新生意——寡婦俱樂部，因此又逐漸起死回生了。我從未來過這裡，今晚是頭一次。K夫人穿越金碧輝煌的大廳向內走，裡面有一扇玻璃門，印著斗大的『寡婦俱樂部』幾個字，入口的黑板寫著注意事項：

寡婦俱樂部

譯註4 大正時期的計程車，市內車資一律為一圓。

〇在速食時代尋覓愛情
〇戀情保密到家、絕不洩漏
〇不使用本名（僅用假名）
〇須戴上舞會面具
〇可於櫃台購買面具（今日大特價）
〇活動僅到午夜十二點（唯會員不受此限）

我買下一個面具，定睛一看，K夫人已經戴好面具，還細心地配上一副有色眼鏡，準備之周到令我嘆為觀止。她的臉龐有大半被遮住，然而從下顎到脖子露出的雪白柔嫩、吹彈可破的肌膚，還是能讓好色之徒想入非非。

大廳內燈光絢爛，牆壁和天花板鋪滿了鏡子，一切就像個萬花筒，蕩漾著迷幻的色彩，有些地方甚至連地板都有鏡子。

椅子和餐桌隨性地布置其中，每人擁有一張桌子，桌上各自立著一個邱比特造型的可愛木製立牌。

立牌上寫著北京、倫敦、東京、巴黎、南京、柏林、上海、京都、大阪、紐約、天津、馬賽、香港、橫濱等世界各地的城市，其中也混雜了幾個鮮為人知的地名，應該是故意的。

許多根本不是寡婦、也並非喪偶中年婦女的女子、上流階級有錢有閒的紳士、好奇心旺盛的男男女女，都厚著臉皮跑來這一方新天地，尋求肉體的歡愉及速食愛情。

俱樂部從晚上十點熱鬧起來，支那服務生將啤酒及洋酒送到各張桌子上，廳內播起令人血脈賁張的音樂，刺激著男男女女的情慾與煩惱。在世界各地就位的客人紛紛四處張望，看對眼便當眾調情，比較害羞的人也隔著面具頻傳秋波。沒想到這群人如此大膽。

十一點鐘響後，戀愛遊戲與相親賭博便開始了。桌上原本就備有紙筆，服務生則在不知不覺間化為信使，等待客人寄信。

東京從剛才就一直盯著紐約的側臉，對她眉目傳情。他在桃花色的信紙上寫下『我對妳一見傾心……那妳呢？』放進信封裡，接著搖了搖鈴，交給信使。信件遠渡重洋，飛向了遙遠的大陸。

臉上抹著白粉的信使彷彿輕歌劇[5]的舞者，一肩挑起裝滿女客人信件的包包，在會場四處走跳。

令我印象深刻的是，有一名長滿橫紋的老太婆，把臉塗得雪白，靠著一身華服打扮成年輕美女的模樣，厚著臉皮跑來『獵男人』。大家雖然拿她當笑話，不過本人倒是毫不在意，甚至表現得洋洋得意，在我看來實在很可悲。不過，由於她是有名的大富婆，因此收到的信件也最多，堆得像座小山，年輕男子們更是前仆後繼。

K夫人在巴黎的座位上，她與京都通了幾封信，但兩人似乎沒什麼進展。京都是一名洋人，年約三十五、六歲，側面很俊美，不過髮蠟似乎有點塗太多。我猜他可能就是出入旗輪飯店的那名男子，便仔細地觀察他。

此時我發現坐在柏林、年過四十的女子，也在頻頻捎信給京都。京都如獲至寶地將柏林的來信迅速讀過，然後緊緊握在手裡，一副愛不忍釋的模樣，但每當K夫人回信，他就會忘我地一遍又一遍讀著K夫人的信件、不時陷入沉思。柏林見狀，知道京都不把她放在心上，嘆了口氣便搖鈴招喚服務生，改把信件寄往倫敦去了。

京都頻頻以眼神向K夫人示好，但她不知出於什麼原因，對他十分冷淡，還故意與別桌談笑，避開他的視線。接獲京都來信時，她也表現得很不耐煩，不是唉聲嘆氣、就是眉頭緊鎖。她不停與上海通信，把京都晾在一旁，不時俏皮地噘嘴，遠遠朝著上海綻放勾人的微笑。上海比京都年輕許多，看起來是一位少年富豪，想當然爾，他也不是東洋人。K夫人的一顆心似乎全繫在上海身上，但在我看來，她不過是為了惹京都不悅，才故意與上海眉來眼去。京都見

譯註5　始於十七、十八世紀的短型歌劇，內容輕鬆詼諧，含有對白、歌曲及舞蹈。

狀似乎憋不下這口氣，焦急地振筆疾書，催促信使把信件送過去。但夫人表面上仍在迷戀上海，她嫌惡地收下京都的來信後，看也不看一眼便撕毀，扔在地上。今晚的她不太對勁，不論是妖嬈的媚態或激動的情緒，都像在自暴自棄。而京都仍舊窮追不捨。

十一點半前，大家的座位還是分開的，但在服務生機靈的四下撮合後，情投意合的男女開始面對面坐在同一桌。服務生遵循慣例，貼心地將京都帶往K夫人處，讓兩人同席。豈料夫人卻忽然起身，遠遠走向落單的上海的位置。京都面露不悅，憤憤地咬著嘴唇，瞪著她的背影。他的臉色非常難看，毫無血色。

慶祝媒合成功的音樂響起，酒咕嘟咕嘟地倒進杯子裡。我同時見證了馬賽與天津、布達佩斯與檀香山這兩對情侶誕生。

還有一幕非常滑稽。年過四十、單眼失明的布宜諾斯艾利斯始終無人搭理，他厚著臉皮不斷糾纏信使，要求對方去說服三十幾歲、美目盼兮的莫斯科，然而鈴聲卻突然響起，活動也結束了。

對服務生們而言，所向披靡的客人沒什麼意思，死纏爛打的客人也很掃興。像長崎一樣為了引誘南京，放棄紙筆忽然奉上雙唇，倒是贏得了一片喝采。

閉幕鈴聲一響，大家便在喧嘩聲中迅速起身、準備回家。我隨著洶湧的人潮走在地下室的樓梯上，小心翼翼地避免跟丟K夫人，但就在快到出口時，夫人忽然加快腳步，一溜煙就衝到了路上。她身後追著一名高大的男人，夫人被追上後無可奈何，與他並肩同行。追她的正是坐在京都位置上的男子。

K夫人不耐煩地舉起手，打算招攬路上的一圓計程車，男子卻按住她的手，激動地不知在說些什麼。我偷偷靠近他們，在聽得見對談聲的地方找了個陰影躲起來，豎起耳朵聆聽。

『你煩不煩啊？事到如今沒什麼好說的——我不會回心轉意的。』

『就因為那點小事——？女人真是善變，我實在搞不懂妳。』

男子搖搖頭，口氣有些強硬。女子聽聞這番話，頓時怒不可遏，連珠砲似地反擊：

『是啊，你搞不懂我，我也搞不懂你。但不論你怎麼解釋，那晚錯都在你。我跟你約八點，你居然遲到整整三十分鐘——光這樣就夠令人火大了，要是當時是你先上樓，你先發現床上的屍體——由你將一切打理乾淨，我就不必在那種地方丟人現眼。你知道那死人有多噁心？多骯髒嗎？光想到我都毛骨悚然，渾身起雞皮疙瘩。我之所以嚇成那樣、之所以在警察和飯店眾人面前醜態畢露，全都是因為你不負責任。更何況你一看現場那麼亂還嚇破了膽，一見我的臉就飛也似地逃走，像你這種薄情寡義的負心漢，根本不配為人。我要是再和你糾纏不清，往後不知道還要丟多少臉。』

男子似乎被女子的怒火嚇到了，語氣結結巴巴起來，聲音也有些顫抖。

『我不是說了嗎？我的錶慢了——』

『呵呵呵，你還要把錯推給錶嗎？這招可真管用啊。但你的錶可不領情哦，誰叫你冤枉它。』

女子歇斯底里地嘲笑他。

『你說我逃走，那是因為我不能在那種場合露面，這是為了我們好，尤其是為了妳的面子——』

『呵呵呵，說的比唱的好聽。你還真是善解人意哦，但我已經不吃這套了，你虛情假意了這麼久，我受夠了。』

『妳硬要這樣曲解，我豈不是百口莫辯？這位太太，妳不覺得自己應該冷靜下來，好好聽我解釋嗎？』

『夠了，再狡辯也只是白費力氣！我對你已經沒興趣了。我現在頭腦清醒得很，奉勸你別再糾纏我，快去找新歡吧。就像你在旗輪飯店背對我落荒而逃一樣。」

女子忿忿不平、破口大罵，男子雖然強忍著不發一語，但聽他紊亂的氣息就知道，他已經怒火中燒了。

此時他們身旁正好開過兩三輛空計程車，女子見狀忽然攔下一輛，立刻打開車門，速度之快令男子措手不及，無暇阻止。他慌慌忙忙地也想上車，但已經來不及了，女子當著他的面，將車門啪地一聲關上。

男子恨恨地嘖了一聲，立刻攔下後面的計程車。他那被車頭燈照亮的側臉慘白得嚇人，眼中殺氣騰騰。我從他俊美的臉龐上，看見了猙獰的陰影，令我心裡發寒。

下一瞬，他的車便如疾風般追趕她的計程車，消失在黑夜裡。」

6

「當晚，K夫人便渾身冰冷，倒臥在門口的石磚上。她天靈蓋碎裂、顏面血肉模糊，已經分不清五官，衣服滿是鮮血，緊緊黏在肌膚上。她的戒指、手錶、錢包，一切值錢的東西皆不翼而飛，從這點可以研判，這是強盜殺人。

我畢竟只見過她三次，加上她離世時在大家心目中仍是優雅高貴但紅顏薄命的夫人，警方又鎖定了特定兇嫌，沒有任何人對她的死存疑，因此我也不便揭穿人家的陰暗面。我決定不深究K夫人的命案，但還是調查了一下寡婦俱樂部的成員，赫然發現許多客人不是有前科，就是嫌疑犯，擺明了是愛情騙子。有的男人檯面上已於去年服了死刑，也有持槍械、帶假鈔，要求女人兌換真金的不法之徒。

或許這種神祕遊戲很吸引人，但也極其危險，教人不勝唏噓。如果那些人知道自己都選了些什麼樣的對象，不知作何感想——

回東京的前一天，我到旗輪飯店向張氏夫妻道別，隨口提起了K夫人，但兩人都沒有印象。他們夫妻倆完全沒發現那名夫人正是租下二樓房間的女僕。

『那間房後來怎麼樣了？』我問道。

『還是繼續出租。』

我有些詫異。

『那女子又來了？』

『不，那女的再也沒來過，不曉得她怎麼了，該不會——』

『那是誰租的——？』

『一個男人。』

『和她幽會的男子？』

『對。』

『洋人？』

『沒錯。』

我忽然想起香水膏。

『香水膏怎麼樣了？』

張先生與張太太面面相覷，沉默了一會兒才低聲說道：

『被偷了。我放在這張桌子上，但不知不覺間就不見了。』

『什麼時候不見的？』

『我確定四、五天前它還在桌上。』

『真是奇怪。』

『太不尋常了。』

『會不會是被那女僕的男人拿走了？』

『這麼說也有可能。』

兩人你一言我一語，真相愈辨愈明。

『但不告而取謂之偷，是犯法的。』

『那當然，不如我們去問問他吧。』

我與張太太一同上了二樓。我無論如何都想會會那男子，正好又聊到香水膏遺失，便逮住了這個機會。我輕輕敲了敲門，門迅速打開了，一名英俊瀟灑的洋人探出頭來。一見到他的臉，我的心臟便怦怦狂跳，因為他的頭髮、鬍鬚、眉毛的顏色都是鼠色，豈不正是鼠色之男？

『有事嗎？』

我一時語塞，索性開門見山地問他：

『櫃台桌上的香水膏不見了，您有看到嗎？』

男子一聽，從懷中掏出那尊令我印象深刻的象牙雕刻爵士小像，攤在掌心給我們看，語氣沒有一絲遲疑：

『妳是指這個吧？這是我妻子的東西，我看它放在櫃台，就拿走了。』

接著，他將香水膏小心翼翼地收進衣服內襯的口袋裡。

自那以後只過了半年，從支那回來的人便告訴我，真正的鼠色之男終於落網了，據說是一名年輕的洋人，藏身在南京市支那人開的飯店裡。但那到底是不是我見到的男子，又是否為K夫人的情人，不得而知。

不論K夫人、鼠色之男或香水膏，還是維持謎團，別解開來的好，各位說是不是？」

鐵處女

我們迅速來到馬戲團後台，遞出名片要求與團長見面。團長飛奔出來，笑瞇瞇地鞠躬哈腰。原來這就是那個像金剛力士一樣可怕的後台暴君，我跟夫人不禁相視苦笑。

1

那天下午冷颼颼的。

我吹著河風，通過吾妻喬，朝著雷門快步走去。忽然間，我披著大衣的背被人推了一把，我嚇了一跳，回頭一看，有個不認識的青年笑著站在那兒。他身材高䠷纖瘦，穿著厚重的痲灰色外套，後領直直豎起，或許是因為戴著淺紅色的大圓框眼鏡，眼瞼看起來也染了些紅暈。他把吸到一半的香菸隨手一扔，默默通過我身旁，才走了不到兩公尺，又忽然掉頭往回走。我盯著他的臉，恍然大悟。

「S夫人！」

我知道S夫人的易容術很巧妙，卻沒想到如此天衣無縫。別人認不得也就算了，居然連身為助手的我都看不出來，不禁令我感到有點害怕，又有些羞愧。

「還以為是哪來的地痞流氓呢，不要跟蹤我——」

為了掩飾害臊，我故意瞪了夫人一眼。夫人打趣地竊笑：

「是不是真的很像小混混？我今天扮成流氓出來查案，現在正要回去呢。」

我望著夫人，打從心底佩服不已。她的易容術真是爐火純青，態度、表情皆充滿男子氣概，橫看豎看都是個男人，一點也沒有女人的影子。

S夫人與我不約而同走進商店街，在擁擠的人潮中並肩而行。

淺草觀音寺旁的小巷子裡，搭了一個馬戲團帳篷，夫人停在馬戲團的海報前看了一會兒，突然說要進去瞧瞧。夫人明明是來查案的，怎麼會有這樣的閒情逸致呢？看我遲遲不回答，她開口邀我：

「看起來很有趣嘛，有南洋舞蹈、鐵處女，還有食人族哦。」

「鐵處女是什麼？」

「那是以前執行死刑的刑具，外型像一個棺材，裡面有許多釘子，犯人被關進去闔上門後，身體就會被釘子刺穿。」

「聽起來滿有意思的，進去看看吧。」

「人果然都是嗜血的——」

夫人略帶諷刺地笑道，忽然臉色一沉：

「其實我正在找一名女子，她是馬戲團的女演員，但我不確定她在哪個馬戲團。妳若不想看表演，我自己一個人也會進去。」

於是我們迅速買了入場券。

南洋舞蹈為舞台揭開了序幕。五、六名面目猙獰、身材健壯的男子，嘟起染得鮮紅的厚唇，扯著嗓子高唱莫名其妙的歌曲，圍成一圈手舞足蹈。圓圈中央有一名應該是酋長女兒的妙齡女子，正帶著一隻大狒狒賣力演出，討觀眾歡心。見他們滑稽逗趣的模樣，大夥無不捧腹大笑。

「那隻狒狒真有趣。」

「那是真的狒狒嗎？」

「不曉得。」

「牠表演得很不錯。」

「但動作未免太靈活了，不曉得是男人還是女人扮的？」

「如果是美女就好了。」

「傻瓜，若是美女，何必披著狒狒皮？」

「就算是女的，八成也是醜女，看了只會被嚇壞。」

我們忙著閒聊，舞蹈不知不覺間就結束了，台上出現一名小丑，滔滔不絕地當起旁白。原來狒狒愛上了酋長美麗的女兒，牠因為情不自禁而踰矩，惹得酋長大動肝火，下令把牠關進「鐵處女」處死，豈料行刑後開門一看，狒狒竟消失得無影無蹤——小丑活靈活現地描述這離奇的一幕，說完便退場了。接著，土著架著被繩子五花大綁的狒狒上台，與小丑擦肩而過，狒狒垂頭喪氣，腳步也踉踉蹌蹌的。

接下來的一個多小時，我們都坐在觀眾席上，卻始終沒見到夫人在尋找的那名女子。

「耐心找找看的話，應該能找到。對了，她是有夫之婦。」

「有夫之婦？」

「丈夫跟她是一夥的，兩人是同謀。」

我們離開觀眾席，繞到帳篷後面，經過後台的位置時，耳邊猛然響起馴服猛獸般霹靂啪啦的鞭子聲，接著傳來女子的嚶嚶哭號。我嚇了一跳，挨緊夫人，從帳篷的空隙偷看後台。

身穿花俏綠色馬術服的團長，正對著另一頭猛力揮鞭，他的腳邊趴著一名頹然的年輕女子，正是剛剛在台上騎斑馬的馬戲團女演員。

團長的聲音因憤怒而發抖，吼聲響徹後台。

「妳這個小騷貨，就知道勾引狒狒！看我不打死妳才怪！」

怒吼聲尚未平息，舞台忽然傳來掌聲，四五名男女從後台門口蜂擁而入，一見團長也在裡面，紛紛聚到角落竊竊私語起來。

「團長又吃醋了。」

「真可憐，希望他別再打了。」

「團長也會介意嘛。」

此時此刻，一名男子正在稍遠處斜斜地望著這一幕，他默默脫下狒狒皮，打算休息一會兒。他長得英俊脫俗，身材又像運動員一樣結實健美，看得我與夫人目不轉睛。

「他不要披狒狒皮，直接露臉應該會更受歡迎吧——」

夫人的評語令我忍俊不住，我們回到商店街後，在人潮中走著。天色已經完全黑了，來到雷門後，嘈雜的晚報鈴聲交織著傍晚的各種雜音，叮噹作響。

我立刻買了一份晚報，面對夫人打開來看。才一翻開便心頭一震。

「他殺？自殺？東伯爵夫人離奇橫死」

晚報上的這則標題，捎來了東伯爵夫人的死訊。

東伯爵夫人是家喻戶曉的名媛，她容貌極美，不僅是社交界的明星，身為企業家的實力亦不容小覷，比起丈夫某某次長伯爵，她的名聲反倒更響亮。

「那位太太居然死了，而且還是自殺，太不可思議了——」

我盯著晚報，心中十分錯愕，夫人道：

「我和她是老朋友，感情一向很好，尤其最近又——」

夫人欲言又止，但還是豁出去告訴我：

「我在找的那名女子，那個馬戲團女——正是她拜託我找的。她是一位高貴優雅的夫人，聰明賢慧又美麗，我們最近時常碰面……」

夫人感慨不已，陷入了漫長的沉默。

2

我已經等不及隔天的早報了，我想知道東伯爵夫人自殺更進一步的消息。

果不其然，每家報紙都刊登了美女夫人的照片，並附上鉅細靡遺的報導。

報導指出，伯爵夫人從一週前左右便住進了箱根的富士屋飯店，然而昨晚深夜才一到家，一進門就不省人事，嚥下最後一口氣。

伯爵在議會開會，無暇接受採訪。伯爵家的管家則表示：

「太太從外頭要返家時，一定會事先打電話回來，請司機開車到停車場準備接她。然而唯獨昨晚，夫人卻在深夜自己回來了，而且忽然就倒下了。我們到現在都還像在作夢一樣，根本不敢相信太太已經走了。」

到門口迎接伯爵夫人的侍女則說：

「事後回想起來，總覺得在門口按鈴的並不是夫人，而是一圓計程車的司機。我一打開玄關門，便有一道黑影朝著前院大門的方向閃去，不久便傳來汽車的行駛聲。起初太太走進門裡，先是沿著白色的牆踉踉蹌蹌地走了兩三步，後來她伸出手想要扶牆，卻身子一攤摔倒在地上。最近太太時常貧血，我還以為是老毛病又犯了。加上太太正在為近親服喪，穿喪服時都會戴著烏黑的面紗，因此我看不清楚太太的臉色，還以為太太只是突然從寒冷的戶外回到有暖氣的家中，溫差過大才會一時頭暈——」

根據西醫學博士（博士為夫人的親哥哥）所述：

「我趕過去時已經回天乏術了。妹妹向來沉著，絕不是那種會輕言自殺的弱女子。她雖然沒有孩子，但與妹夫鶼鰈情深，羨煞親友，因此根本沒有理由自殺。不過她說自己近來身子不太好，所以她來找我時，我都會請藥局開安眠藥讓她帶回去。她身為醫生的女兒，自然明白藥物的作用，但我很肯定她絕不會厭世自殺，比較可能的是她樹大招風，得罪了旁人。妹妹的直接死因是用藥過度，至於是她自己服食的，或者遭人灌藥，恕我不便透露。遺體會由帝大負責解剖。」

此外，也有兩三家報紙刊登了夫人投宿的富士屋飯店老闆的說法：

「伯爵夫人昨天傍晚接到伯爵打來的電話，說要去路上接她，便精神奕奕地出門了。平常飯店都會派車接送，但她說這兩日天氣很好，想順便運動一下，便改成走路去。伯爵夫妻倆感情是出了名的好，我以為他們要一起散步，也就沒多想……」

當事人東伯爵則表示：

「不知是誰冒用我的名號，打了電話給妻子。妻子若是親自接電話，聽聲音一定可以分辨那是不是我。八成是有人藉故約她出去，伺機下了毒，再把她送回來。但妻子向來冷靜，絕不可能受騙上當，她也不是那種會自殺的女人。雖然她近來身子不好，但正熱衷於新事業，每天忙碌奔波。我們沒有孩子，因此她總是把事業當作孩子，說要全力拉拔它們長大。她現在正是家庭和樂、事業美滿的時候，就算身體有些不適，也沒有到會令她尋死的地步。身為突然痛失愛妻的丈夫，我還有很多話想說，但請容我點到為止。我現在只想全權委託警方，並相信警方的搜查。」

此時S夫人忽然把目光從報紙挪開。

「我在找的那名女子……」

「馬戲團的女演員？」

「那名女子的事，其實是伯爵夫人祕密委託我的。」

「祕密委託？那位太太有什麼祕密？」

「與其說是太太的祕密，不如說是丈夫的祕密。每個地方總會有一兩名熟悉門路的花花公子，伯爵從學生時代的舊友便是這樣的人。他單身，是一名畫家，長年住在巴黎的公寓。伯爵去巴黎開重要會議時，在他的引介下，偷偷跑去某座不入流的舞廳，在那裡認識了那名女子。伯爵與她深入交往後，才得知女子是有夫之婦，而且還是馬戲團戲子，頓時棄她如敝屣，想與她撇清干係，但對方好不容易逮到一頭肥羊，豈會輕易放過伯爵，於是死纏爛打，一路跟回日本。太太委託我就是想調查她的身分，根據我手邊的資料，她是在馬戲團變魔術的女演員，雖是有夫之婦，但只要花得起錢，沒有什麼事她做不出來。那名女子不要臉地去找了太太，向她獅子大開口，要了一筆鉅款，當作她離開日本的條件。然而她表面上去了新加坡，實際上似乎仍留在國內，太太希望我能監視她，但我不知道她待在哪個馬戲團。」

S夫人說著，從抽屜拿出一張小照片給我看。

「長得不怎麼樣嘛。」

我還回照片說道。

「但想必在男人眼中有她的過人之處，很多人都被這女子耍得團團轉。」

夫人將照片小心翼翼地收好，繼續說：

「這女的找伯爵夫人敲完竹槓後，想法突然變了。或許是夫人生得沉魚落雁，又過著錦衣玉食的生活，惹她忌妒，又或許她不甘心被錢趕到國外。她笑著說：『妳別看我四處漂泊、居無定所，其實我是有夫之婦。伯爵破壞了我的家庭，丈夫發現我倆的關係後氣瘋了，說要把伯爵生吞活剝。他追著我不放，兩三天前終於找到了我的住處，他這個人向來執著，我的一句話不僅可能導致悲劇，恐怕還會引發什麼風波，令妳先生地位不保。可別以為用這麼點錢打發我就能高枕無憂了，要我息事寧人，夫人還得多費心哪。』自那以來太太便茶飯不思、寢食難安，深怕女子暗中陷害她，所以才找我商量，希望能防患於未然。」

聽了這番說明，我才明白S夫人為何要尋找馬戲團女。

3

案情陷入膠著，連是他殺或自殺都疑雲重重。某天，S夫人在神田的事務所接受了東伯爵的委託。

「現在光靠警視廳已經沒用了。我有個不情之請，請夫人一定要找出犯人，否則亡妻難以瞑目啊。」

伯爵頻頻主張他殺，並向夫人透露了一個祕密。

伯爵表示，自兩三個月前，一名男子便陰魂不散地纏著伯爵夫人。伯爵夫人非常害怕他，近日身體欠安正是為此所苦。

「是那個馬戲團女的丈夫嗎？」

S夫人從伯爵夫人的委託聯想到犯人，試著提問。伯爵的唇角浮現一絲落寞的笑容，他不斷懇求夫人，說這個問題他不便回答，但不論多少費用他都願意出，請夫人務必揪出犯人。

伯爵回去後，夫人立刻準備出發。她帶上身為助手的我，為了以防萬一，決定再調查一次淺草的馬戲團。根據伯爵所述，丈夫的行跡聽起來更加可疑，S夫人也一改當初的想法，決定先揪出丈夫而非馬戲團女。不論如何，若能逮住男女其中一方，也許便能理清這起命案的頭緒。

夫人走進喧囂的商店街，陷入沉思。我也默默加快腳步，緊跟著夫人。

我們迅速來到馬戲團後台，遞出名片要求與團長見面。團長飛奔出來，笑瞇瞇地鞠躬哈腰。原來這就是那個像金剛力士一樣可怕的後台暴君，我跟夫人不禁相視苦笑。

團長歪著頭，沉思道：

「我們這裡沒有那樣的男女，不過倒是有個從新加坡來的——」

他說著，朝後台角落瞄了一眼。之前見過的狒狒男正蹲在脫下的毛皮旁。

「你是說，他來自新加坡？」

狒狒男盯著我們，他看起來被夫人的提問嚇了一跳。

夫人與團長一陣交頭接耳後，開門見山地走到男子身旁，不知對他說了些什麼悄悄話。男子似乎有些狼狽，但夫人不以為意，與團長點頭致意後便帶我離開了後台。

等了一會兒後，換上西裝的狒狒男怯怯地向我們走來。他的眼窩深陷，導致面容看起來很憔悴，顴骨也高高聳起，但他那精緻漂亮的五官，以及一身長年居住在熱帶地區的黝黑膚色，總令我覺得似曾相識，卻又想不起來在哪見過。

忽然間，夫人將那名馬戲團女的照片與東伯爵夫人的照片遞給他，加重語氣道：

「你認識這兩位嗎？？」

男子一聽，默默低下頭，不一會兒後又抬起頭，結結巴巴地說：

「我不認識這位——」

他指著馬戲團女，夫人提高音量：

「所以你認識這一位？」

「當然認識，她遭遇了不測。」

「你是怎麼認識她的？」

「怎麼認識？」

男子輪流望向夫人與我的臉，淒涼地笑了。

「智惠子是我的未婚妻，但被弟弟娶走了，成了東伯爵夫人。」

夫人聽到這出乎意料的回答，嚇了好一大跳，我則嚥了嚥口水。

「意思是，你是東伯爵的哥哥？」

「嗯，那個在南洋被老虎咬死的哥哥就是我。但如兩位所見，我其實還活著。我是他唯一的大哥，有血緣關係的親哥哥。」

我們聽了滿頭霧水。經他這麼一說，我發現他的確長得很像東伯爵。我會覺得他面熟，也是因為兩人容貌相似的緣故。

然而我從未聽說東伯爵有哥哥，或許他只是一名與東伯爵容貌酷似的外國人，藉此誆騙我們，有所圖謀。這人雖然看起來不像壞人，但畢竟是馬戲團的戲子，倘若輕易把他的話當真，恐怕會多生事端。但我想還是有必要問問他的身世，或許能當作參考。夫人似乎也是這麼認為的，她轉向男子說：

「我已經跟團長知會過了。我們找個地方吃頓飯吧？我有事情想慢慢問你——」

4

夫人幾乎沒用餐，都在聽那男子說話。

「我和弟弟是彼此唯一的手足，但同父異母。弟弟是生母過世後，父親續弦的妻子——繼母所生。

如今回想起來，繼母與她的哥哥，也就是我的舅父，從頭到尾都在合謀讓弟弟繼承伯爵家，獨吞所有財產。

我在繼母和舅父的溺愛下長大，弟弟卻從小被嚴格管教。繼母非常寵我、縱容我，甚至會瞞著父親給我零用錢，從小就把我慣壞。

國中畢業前一年左右，當時在柔佛經營大農場的舅父，睽違多年回國。舅父寵我更甚於親外甥，不論去哪都帶著我。那是我第一次嘗到玩樂的滋味，而且是由舅父親自當導師。

我有錢、有閒又有地位，不管到哪都是人人搶著伺候的大少爺，於是我縱情玩樂，甚至外宿不歸。母親總是在嚴厲的父親面前為我說話，替我遮掩，因此父親根本不曉得我已變成一個紈褲子弟。

我晚讀國中，弟弟則提早入學，我們就讀同一年級。

弟弟從小就被逼著用功讀書，我則耽溺酒色，甚至時常蹺課。兄弟倆一起考高中，果不其然弟弟高分上榜，我則落榜了。這雖然在預料之中，我卻憤憤不平，開始憎恨弟弟。

我的人生不再一帆風順，被繼母瞞在鼓裡的父親認為弟弟認真又上進，心也漸漸偏向他，每次見到我就罵我懶惰、無能，我忍無可忍，便隨著正要回柔佛的舅父，一同去了南洋。

舅父非常高興，還說一直待在日本根本曬不到太陽。

我把自己犯下的蠢事拋諸腦後，只顧著埋怨父親、母親和弟弟。

抵達柔佛沒多久，舅父便帶我去獵老虎，大概是想藉此安慰我吧。現在我都還記得山上的水蛭有多惱人，但有一件更恐怖、令我永生難忘的事——我們帶去的苦力跑得太慢，被老虎活活咬死了。如今想起來，我還會不寒而慄。

舅父開玩笑說，如果告訴東京的家人說你被老虎咬死了，一定很有趣。我覺得這主意棒極了，不禁拍手叫好。

——家裡的那幫傢伙，不知會露出什麼表情，是錯愕呢？還是悲傷呢？

我滿腦子想著這些無聊事，糊里糊塗便著了舅父的道，讓他通知家裡我的死訊，我則偷偷幻想著大家驚訝的神色，洋洋得意。能活著目睹自己死後大家的反應，這計畫太有趣了。

舅媽是義大利人，沒有小孩。舅父總是告訴我——你不必繼承伯爵家，繼承舅父家也不錯啊。被爵位束縛，關在小小的日本太委屈了。只要有錢，去哪都能過得開心自在不是嗎？確實，舅父是個大富翁。

不久，東京傳來弔唁的電報，還寄來大幅刊登我死訊的報紙。繼母也寫信來，說她天天以淚洗面，說我是伯爵家的繼承人，即使我執意去南洋，當初也不該順著我，都怪她太寵我，她寧可走的是弟弟。我心裡實在很痛快，巴不得立刻化為遺骨和大家相見歡。弟弟也捎來音信，說想親自接大哥的遺骨回家。每每見到家人在我死後的反應，我就愉快得不得了。

弟弟到南洋畢竟舟車勞頓，舅父便將死掉的苦力白骨帶回了東京。我為自己的鬼點子騙倒所有人而沾沾自喜，坐等好戲上演。

我繼續當我的紈褲子弟，不僅把土著的女兒占為己有，還和洋人住在一塊兒，過得放蕩不羈，然而在我墮落的靈魂深處，卻有一抹永遠無法忘懷，能夠洗滌我心靈的純潔身影，那就是我從小的未婚妻——表妹智惠子。

智惠子不知過得怎麼樣。我很思念她，但瞧瞧自己墮落至此，實在沒臉見她，也不敢向舅父打探她的消息。

十年如夢似幻，一眨眼就過去了。

舅父突然中風，連遺言都來不及交代就撒手人寰。他還沒有正式讓我繼承家產，因此遺產全都歸舅媽所有，她將後事處理完畢後，便搬回了故鄉義大利，而我則身無分文，被孤零零地扔在柔佛。

後來我便過得窮途潦倒，這不提也罷。」

5

「又過了幾年。

某天我翻開當地的報紙，正不經意地瀏覽時，忽然在前往巴黎開重要會議的大使團名單中，發現弟弟的名字。我突然很想念他，想見他一面，於是花了不少錢，輾轉來到大使團途經的新加坡，想透過日本人協會見弟弟一面，但協會懶得理我，不僅不給我機會，也不相信我說的話，每個人都用輕蔑的眼神看著聲稱是東伯爵哥哥的我，一個勁地嘲笑我。那時我才發現，我跟弟弟竟然隔著如此龐大的鴻溝。情何以堪的我望著大使團的船隻一整晚，垂淚到天明。

半年後，回國的大使團再度來到新加坡停泊一天。

這次我決定偽裝成小販，溜進他的船室。

船隻抵達港口時，許多土著和支那人都會帶著名產熱熱鬧鬧地上船，我混在其中，跑到弟弟的房間，從房裡將門鎖起來。

弟弟見到我先是大吃一驚，接著臉色丕變，正要按下一旁的警鈴時，手被我一把抓住，他臉色蒼白地瞪著我怒喝：

『無禮之徒！』

接著他不知是想到了什麼，忽然壓低音量，苦笑著說：

『我沒和她在一起，你別誤會了。』

見弟弟態度放軟，我的心情也跟著放鬆了幾分。

『你在說什麼啊，喂，是我。』

我正想搭他的肩膀，他卻退後了兩三步。

『你不是那女人的丈夫？』

弟弟說著，擦掉額上的汗珠，大夢初醒般地吁了一口氣，為自己找台階似地道：

『最近老是有人來騷擾我，我還以為又是流氓呢。啊哈哈哈，那你是哪位？』

弟弟逐漸冷靜下來，沉默地望著我，試圖回憶我的姓名。一會兒過後，他猛然吸了一口氣，死命盯著我的臉。這次他的驚訝與剛才截然不同，他雙眼瞪得老大、嘴唇不住抽動，喉嚨發出嘶啞的嗚咽聲。

『大哥！大哥！』

『嗯，是我。』

『大哥！』

他差一點就暈倒了。這也難怪，畢竟他一直以為我死了，我卻忽然出現在面前，任誰都會嚇得魂飛魄散吧。

我們坐在沙發上聊了許久，到底是唯一的手足，即便我落魄至斯，得知我還活著，弟弟仍是喜出望外。但在檯面上，我早已非陽世間人，弟弟認為一時之間不便公布我倆是兄弟，建議我先悄悄離開，搭下一艘船晚一步回東京，之後再進一步商量，於是我便告辭了。弟弟不僅資助我旅費，也給了我一些零用的盤纏，當時我還很感動，心想我倆果然是血濃於水的兄弟。

我依照約定，搭乘下一班船回日本。弟弟來橫濱迎接我，我跟著他一道進了東京，我心中洋溢著難以言喻的喜悅，覺得好懷念。

然而，弟弟卻欺騙了我。他口口聲聲說要帶我回家，目的地卻是一間位於市郊的私立精神病院。

我當下才得知弟弟歹毒的計畫，悲憤交加如我，把弟弟謊稱要找好時機公布，在那之前請我嚴格保密的伯爵兄長身分，一五一十告訴了院長，還費盡唇舌解釋我才是伯爵家的繼承人。院長笑瞇瞇地聽我說，卻完全不當一回事，從那天起，我便被當成一個綽號伯爵的瘋子。

我被嚴格監視了好幾個月，弟弟一次也沒來探望我。我心中滿是怨懟，日日夜夜想著如何向他復仇。後來我才聽說，他早就預先向院長繳交了我一輩子的療養費。

某天夜裡，我趁著護理人員不注意，逃離了醫院。

我並不認得路，走著走著，不知不覺天就黑了。我也不記得當時是怎麼走的了，只記得忽然看到一個臨時搭建的帳篷還亮著，筋疲力竭的我一心只想著快進去休息。

那帳篷就是現在我待的馬戲團。我怕被認出來，於是躲在大狒狒的毛皮中，躲避弟弟的搜索。儘管南洋舞蹈蠢不堪言，但畢竟跳舞才能果腹，我只好逼自己忍耐。至於鐵處女則是我自願接下的表演，比起平白無故被當成瘋子關進精神病院，鐵處女這種殘忍至極的刑罰都還好多了。為了避免我對弟弟的恨意消退，每天我都會走進那可怕的鐵門裡。然而，光是侵占我的財產，企圖葬送我的一生已經夠可恨了，他卻連我最愛的女人都奪走了。

偶然之下，我得知智惠子已成為弟弟的妻子。我渴望見她一面，將來龍去脈告訴她，讓她安慰我。但我始終沒機會見到她。」

6

「終於，我的願望成真了。上野的寬永寺要舉辦茶會，我從報紙得知智惠子會出席。我立刻跑到上野，在寬永四附近遊蕩，等了許久後，終於見到了心心念念的身影。倘若放過這個機會，我恐怕一輩子都見不到她了，於是我偷偷跟在她後面。智惠子不知跟司機交待了什麼，不久便獨自走出寬永寺的門，默默進了美術館看帝國美術展。

所謂流行，大概每過三十年就會捲土重來吧。印象中的智惠子總是穿著紫籐色的箭羽紋和服，那身打扮非常適合她。瀏海則是剪到齊眉的高度，讓清瘦的臉龐看起來圓潤些。

而今天，她同樣穿著紫籐色的箭羽紋和服，瀏海也剪得短短的。令我魂牽夢縈、三十年如一日的倩影，如今就距離我不到十步之遙。重見故人的喜悅令我渾身顫抖，我實在太高興了，要我默默望著她，實在忍不住。

我看準傍晚人潮減少的時候，悄悄跟在她身後。別館的人又更少了，智惠子佇立在運動員的立像前，端詳著散發雄性美的肌肉。此時我再也憋不住，衝到智惠子面前：

『智惠子，是我。還記得我嗎？大家都以為我在柔佛過世了。』

智惠子呆愣了一會兒，渾身僵硬。

我的聲音、以及被陽光曬得黝黑的臉龐，足以喚醒她的記憶。那一瞬間，我彷彿回到了從前的我。

智惠子的臉色愈來愈蒼白，緊緊合握的雙手不停發抖。

『妳想起來了嗎？其實我還活著，在妳面前的我可不是幽靈哦。』

她扶住額頭，瀏海輕輕晃了一下。

『我現在腦中很混亂，你先隨我回家一趟吧，在這裡不方便說話。』

智惠子說完便轉身快步離開，可是一旦回家，我一定又會被抓進精神病院，於是我慌忙阻止：

『弟弟我改日再去見他，今天我是來找妳的。智惠子，等等。東伯爵夫人！智惠子！』

我故意放大音量，因為我猜她會擔心引起周遭的注意。她看起來果然嚇了一跳，環顧四周後停下腳步：

『不然我們先離開美術館吧，去外面喝杯茶。』

嵌有伯爵家家徽的轎車就停在出口旁，卻不見司機蹤影。大概是因為智惠子提早離開了美術館吧。

我們找了一間客人不多的精養軒[1]，來到花園的座位。

在那裡，我將來龍去脈一五一十地告訴了智惠子。她毫不知情，因此非常驚訝。看來弟弟完全沒有提及我的事。

『事到如今再也回不去了。妳現在是弟弟的妻子，過得很幸福，我也不便多說什麼。但弟弟實在泯滅人性，我不曉得我的出現會對他造成什麼威脅，他居然狠下心欺騙我，把我叫來東京，突然把我送進精神病院，企圖關我一輩子，想把我活活折磨到死——』

『這些我真的都被瞞在鼓裡。即使我求你原諒，你也不肯吧……應該說，我也沒那個臉求你——』

智惠子的聲音變得沙啞，苦悶之色清楚浮現在她美麗的臉龐。

『也沒什麼原諒不原諒的，大家不都照樣過日子嗎？哈哈哈哈。』

我的笑聲空虛地迴響著。

『你想怎麼做呢？』

『妳說呢？』

智惠子臉色鐵青：

『好，我知道了。我會讓丈夫向你道歉，把至今的地位與財產都雙手奉還。請你相信我，再忍耐一陣子。』

譯註1 明治時期開在上野一帶的西餐廳。

『就算妳的心沒變，但弟弟呢？搞不好他又要抓我了。』

『不要再說這麼可怕的事了，我會負起責任。你現在住哪呢？』

『住哪？哈哈哈哈，這我不能說。』

『那我要怎麼答覆你呢？』

『有事就在報紙上刊登廣告吧，用暗號也行。別以為逃得了，就算逃也逃不掉的。我會在妳看不見的地方，如影隨行地監視妳。』

暮色中的智惠子嚇得渾身發抖。」

7

「自那天以後，我就再也沒見過智惠子。我一直在注意她的動向，但她似乎一直關在家裡。

過了一個月左右，智惠子還是沒有捎來音信，我開始懷疑她的決心。我們的重逢太過突然，大受驚嚇的她或許是為了脫身才那樣答應我，仔細一想我也真傻，已經得手的幸福怎麼可能拱手讓人？搞不好她還打算和弟弟聯手騙我，都怪我太糊塗才會輕信於她。他們那夥人，會使出什麼惡毒手段沒人知道，令我如坐針氈，我擔心他們無聲無息地在搜索我，怕自己忽然間就被抓走了。然而轉念一想，也有可能是智惠子病倒了，那天在上野見面時，她的臉色非常難看，想到這兒又是另一種擔心。

那天夜裡，我左思右想，還是潛入了伯爵府。

府上似乎有客人，許多房間的燈都亮著，但畢竟夜深了，還是很安靜。我熟知家裡的路，隨即穿越茂密的樹叢、繞過水池，來到了智惠子的房間。房外有一扇窗，百葉窗簾底下開了兩寸寬的縫隙。我屏氣凝神，偷偷觀察室內。

自從客人回去以後，他們夫妻倆便坐在暖爐旁一直談話。兩人都面有難色，氣氛十分凝重，尤其智惠子才一個月不見竟變得憔悴不堪，臉上毫無血色。為了聽清楚他們在講什麼，我豎起耳朵，貼在玻璃窗上。

「我已經什麼都知道了，我真的無法不管他。就算你鐵了這條心，我也絕不妥協。」

智惠子語帶悲痛。弟弟把吸了一半的雪茄扔進暖爐，眉頭深鎖：

「都過多少年了，你要我怎麼相信那種鬼話？大哥當時就死了，連遺骨都送回家，還辦了隆重的葬禮。他早就不在這個世上了，聽懂了嗎？別再跟我提第二遍。」

「可是大哥真的還活著啊，他都告訴我了，如果你不肯相信我所說的，我就帶他來見你。」

「現在突然冒出一個大哥，誰會信啊？我才懶得理他，妳也不要蹚渾水，別再瞎操心了。大哥真的已經死了。」

「但我是親眼所見、親耳所聞啊。」

「那只是幻聽和幻覺。居然見到死了幾十年的人，我看妳也病得不輕。」

『你的意思是我瘋了嗎？那你也把我關進精神病院，然後付一輩子的療養費啊——』

智惠子尖銳如劍的聲音，似乎刺中了伯爵的心。

弟弟憤而起身，朝智惠子逼近一步。見到他駭人的神色，我不禁輕輕啊了一聲。弟弟似乎沒有發現我，但智惠子面對著窗戶，一定看見我的臉了。她搖搖晃晃地起身，又立刻倒在椅子上。

看來她暈過去了。弟弟搖了搖鈴呼喚女僕，家中亂成一片。

我趕緊從後門溜走。

後來我就沒去伯爵府了，再過了十天，便從報紙上看到智惠子的死訊。我非常錯愕，死因不確定是自殺或他殺，若是他殺也就罷了，若是自殺……我頓時五雷轟頂，那不就是我逼死她的嗎？智惠子一定是無法履行對我的承諾，自覺罪孽深重，才會以死謝罪。一想到這，即使我沒有痛下殺手，也跟我殺了她沒有兩樣。那天以來我就日夜受到良心苛責，飽受折磨。如果我沒和智惠子見面，就什麼也不會發生了。不，不只智惠子，早知道我就不去見弟弟。明明我的人生早就完了，卻因為眷戀家人，闖下滔天大禍。如果我安分地待在柔佛，就不會逼得智惠子走上絕路，弟弟也不會變成狼心狗肺的惡人。已死之人卻活著，本來就是一種錯誤。」

男子說完後，悄然垂首，臉上布滿了憂傷。

S夫人不知何時弄到了伯爵家的戶籍謄本，她把文件從包包內取出，遞給他看：

「所以，這上面記載的死者就是你嗎？」

「對，明治十七年生，明治四十一年死亡。」

確認完生卒年後，我們便與他分開了。

夫人決定先回一趟事務所。正當我們加緊腳步，走到鐵軌附近時，一名打扮像司機的男人似乎恭候多時，跑到我們面前脫帽致意。我沒見過這個男人，但他似乎認識夫人。

「我等一下再回去，妳先回事務所吧。」

夫人說完後，便與男人消失在傍晚熱鬧的街道上。

8

直到隔天黃昏，夫人都沒有回事務所。

以往不論再忙，夫人早上一定會露個臉。就在我一面擔心夫人，一面查資料時，後門突然打開了，一名穿著支那服的壯漢匆忙入內，當然，那正是S夫人。

「我總算找到那女子的住處了。」

「馬戲團女嗎？怎麼找到的？」

「這件事我沒跟妳提過——其實，我收買了伯爵家的司機。」

這麼說來，昨天見到的那名男人就是伯爵家的司機了吧。若是一圓計程車的司機，服裝也未免氣派了點，而且也太彬彬有禮了。

「司機向我報告了伯爵的行蹤。伯爵經常去麴町找一戶人家，每次到五番町附近便會下車，改成徒步過去，有時司機得等上四、五個鐘頭。回程時伯爵總會沒好氣地抱怨『怎麼會有人想住在那種狹窄的巷子裡』、『訪客不累死才怪』很蹊蹺吧？我覺得那戶人家不對勁，便調查了一番，結果妳猜怎麼著？我踏破鐵鞋尋找的女子，不就藏在那兒嗎？」

「她是個什麼樣的女人？」

「是個豔麗型的妖婦。即便是花花公子，一旦中了她的美人計也會神魂顛倒，何況伯爵以前從沒花天酒地過，難怪會被她迷得團團轉。說什麼會離開日本去新加坡，不過是為了敷衍夫人，實際上伯爵在眼皮子底下給了她一棟房子，讓她吃香喝辣呢。」

「伯爵也太會扮豬吃老虎了。」

「那女子其實有個支那情人，是跟她在同一個馬術團變魔術的奶油小生，但如今在上海創業。伯爵當然不知道有這名男子的存在，女方也把祕密藏得很好，我得知後，今天便自稱是奶油小生的朋友，前去拜訪她。女子非常高興，立刻就開門迎接我了。」

夫人還是老樣子，行事那麼大膽，真是令我欽佩。我打趣地問道：

「都沒有穿幫？」

「她完全著了我的道。我講日語時摻雜著支那語，她便信以為真，以為我是支那人了。然後，我突然恐嚇她——就是妳殺了伯爵夫人吧——」

「咦？是她殺的嗎？」

我驚訝地問。夫人並未回答，繼續說下去：

「那女子臉色慘白，不停為自己辯解——不是我殺的，我雖然恨她，但真的不是我。何況她一點也不是省油的燈，我多次為難她都無功而返。她附在我耳邊悄聲說——把錢從金庫裡領出來塞到我這兒是伯爵的主意，一定是他臨時起意殺了夫人——」

「天啊！居然是伯爵？這麼說來也有道理，他一定是嫌太太礙事，何況她又一直吵著要把財產還給大哥。伯爵是個貪婪的人，根本不可能歸還家產，可是置之不理的話太太也不會善罷甘休。我聽女僕說，這陣子他們夫妻倆不知為了什麼事情，一天到晚吵架。伯爵肯定是不曉得該拿太太怎麼辦，乾脆偷偷把她毒死，再將罪名推到那個躲躲藏藏的男子身上，也就是嫁禍給他大哥，這樣就能以殺人罪之名，讓大哥永世不得翻身。這一定就是他的計畫，此人真是歹毒。」

夫人笑著聽我推理，接著道：

「還不能斷定兇手就是伯爵。其實一開始我就拼湊出九成了，但剩下的一成卻始終湊不齊，只能靜待水落石出了。」

此時侍者拿來了晚報。

夫人立刻打開報紙，默默地迅速瀏覽一遍後，指著一個地方要我看。

「天啊！」我嚇得瞠目結舌。

報紙上刊登了一道「狒狒橫死」的標題，底下寫著寥寥幾行字。淺草馬戲團的吉祥物——狒狒男，在表演叫好叫座的「鐵處女」時，因為機關失靈，心臟遭釘子刺穿，當場身亡。有人認為是過失致死，也有人認為是別人忌妒他受歡迎，抑或是男女關係複雜引來殺機，在鐵處女內動了手腳，才會導致當日棺內無處可躲。目前案件正在調查，雖不知是意外或謀殺，但我與夫人腦中似乎隱隱約約已有答案。

9

吃了秤砣鐵了心後，S夫人當天深夜便偕同身為助手的我，前去拜訪伯爵。

伯爵立刻請我們到他的起居室一敘。

「有什麼線索了嗎？」

伯爵焦急地詢問。我們兩人進房裡時，伯爵正坐在等身大的已故夫人肖像前焚香祝禱。香煙裊裊升起，從美麗夫人的胸前飄到臉龐。

見他那惺惺作態、假清高的模樣，我眼裡滿是不屑。

S夫人則不改一貫的溫柔，平靜地對伯爵說：

「伯爵，這齣戲也該落幕了吧。」

「妳——」

「令兄已經如您所願自殺了。」

夫人從懷中掏出晚報，指著畫紅線的地方。

伯爵一看，臉色丕變。夫人則平靜地將狒狒男的說詞一五一十地告訴他。

伯爵沉默良久，抹著額上的汗珠道：

「殺害妻子的人不是大哥，也不是我，她其實是自殺的。妻子在上野巧遇大哥，聽他講完遭遇後，便一直覺得很對不起大哥，希望至少能把財產全部過繼給他，向他賠罪。我利慾薰心又固執己見，她處在夾縫裡兩面不是人，憂傷過度便自盡了。妻子的立場比我更艱難，他倆雖然沒有成親，但亡故的未婚夫實際上沒死，又過得如此悽慘，她不可能置之不理。於是妻子每次見到我，都會拿這件事責難我。

打電話去富士屋飯店的人是我。那時妻子突然說她很想我，想見我一面，我便到路上接她，兩人一道去橫濱散心。途中妻子又拿那件事和我爭吵，她的立場始終沒有改變，我也毫不退讓、堅持己見。最後我也發了脾氣，說要再把大哥找出來，關進精神病院裡。

妻子一聽，露出傷心欲絕的表情。

後來我們去了大飯店的餐廳吃晚餐，客人幾乎都是洋人，沒遇到任何熟面孔。

用餐時，妻子不發一語。見她神色堅決，我也懶得理她，畢竟我也在氣頭上。妻子當著我的面掏出藥來，我以為她只是要氣我，心想隨她的便好了，豈料那並非做樣子，她一口氣就把藥全吞了。把藥拿到嘴邊時，她還用滿懷恨意的眼神看著我。我慌了，想制止她，卻突然意識到周圍有許多人在用餐，服務生也畢恭畢敬地站在我們身後。大庭廣眾之下若把事情鬧大，到時我的身世就會曝光，登上報紙，很多醜事都會被挖出來，妻子也會跟著蒙羞。我全身盜滿冷汗，沉默地盯著妻子。即便是像我這樣冷血的男人，眼睜睜地看著心愛的髮妻服毒自盡，自己卻束手無策，也會心如刀割。

我渾身僵硬、臉頰抽搐，世上竟然有如此殘忍的酷刑。事後回想，我那冰雪聰明的妻子深知普通方法撼動不了我的決定，才會使出最終手段，故意挑在那樣的地方，提醒我回頭是岸。

回到沙龍後，妻子依然默不作聲。離開飯店時，她的神色非常痛苦，我叫了一輛一圓計程車，從橫濱陪她回家，送她進大門。

我將幾乎失去意識的妻子硬是扶起來，帶著她走到玄關門口，按下門鈴後溜到大門外，躲在一旁偷看。不久，侍女上來應門了，見妻子立刻進入屋裡，我也放心了，便去俱樂部待了一整晚。

為了以防萬一並撇清嫌疑，我千交代萬交代小妾，我和妻子在一起的那段時間，她必須作證我在五番町，待在她家裡。

但若警方斷定妻子是自殺，又會有別的麻煩。人們一定會懷疑伯爵家有不可告人的祕密，最後大哥的事一樣會浮出檯面，一切的醜事都會攤在陽光下。我害怕極了，於是想了一個辦法——誤導成他殺，讓大哥落網當代罪羔羊，再佯稱他是個瘋子。

我掌握不到哥哥的行蹤，一直覺得芒刺在背，如果能委託S夫人找出大哥，立刻請警察逮捕他，再送去精神病院請院長鑑定，那麼一切就能如我所願平息下來。」

S夫人聽伯爵自白時，從頭到尾都帶著平靜的微笑，她大概從一開始便看透一切了吧。我們的工作到此結束，便離開了伯爵府。之後的事情就是伯爵自己要面對的了。

機密魅惑

沒有人知道有喜子爲什麼要潛入辦公室，在金庫門上留下手指皮後離去，但從機密文件遺失來看，只有可能是她偷的，但她爲什麼要偷？令人百思不得其解。

1

「要不是某位夫人——我的老朋友——經常像這樣寫信和我訴苦，我大概也不會和牽扯進這件案子裡吧。」

S夫人從一疊信件中抽出一封給我，紫籐色的信紙上寫滿了字。

S夫人！

我已經身心俱疲了。

此次外派是一場徹頭徹尾的災難。不僅丈夫被她勾引，日僑排擠我、看不起我，我的一舉一動不論好壞，全都惹來非議。在這裡我必須戴上面具，否則活不下去，我只能說著言不由衷的客套話，假惺惺地阿諛諂媚。我也真是糊塗，居然沒早點發現在這裡不能講真話，想來實在後悔莫及，但我知道她是始作俑者，是她設了圈套給我跳，拉著繩索遠遠地操控我。我的命運之繩握在她手中，只能任憑她擺佈，就連丈夫都一日也離不開她。

那女人就是笹屋的有喜子，讓我來告訴妳她有多可恨。笹屋是這裡的高級茶館，有喜子則是茶館的藝妓。去年我丈夫外派到此地，她也幾乎在同一時間從哈爾濱來到這裡。我不曉得她這個人的來歷，但可以肯定她是狐狸精，而且手段非常高明。

她有一百六十幾公分高，是天生的衣架子，睫毛很長，但就算撇去這點，她那雙烏溜溜的大眼還是非常深邃。她蒼白的肌膚配上黑淵般的眸子，總是令我不寒而慄，還有那削瘦、挺拔的鼻樑，一看就很刻薄。她的長相有點像西方人，雖然挺漂亮的，但因為眼睛和鼻子的緣故，即使生得一張櫻桃小口，整張臉還是冷冰冰的，看起來冷酷無情。不過，五官能像她那麼勻稱真的很少見，我承認她是美女，至少就外型而言非常美豔。

妳也知道，我因為孩子上學的緣故，晚了一年才搬去丈夫外派的地方。結果那段時間，丈夫已經被有喜子迷得七葷八素了。或許沒有女人幫忙打理，確實有些不便，但她竟敢得寸進尺，連宴會這種場合都搶在前頭，不知在打什麼壞主意。連館員都被她弄得服服貼貼，搞得她才是夫人一樣，而姍姍來遲的我竟對這一切毫不知情。

雖然我口口聲聲罵有喜子是毒婦、妖女，但奇怪的是每個人一見到她都會愛上她，這女人擁有一股不可思議的魔力，大概是因為她有許多特質異於常人吧。最奇怪的是她明知我恨她入骨，怨她搶走我丈夫，居然還若無其事地來找我作客，這也太奇怪了吧？

這女人既失禮又不要臉，起初我在門口趕她走，讓她吃閉門羹，但久了實在拗不過她，只好勉為其難和她見面、說話。連女人羞於啟齒的祕密，她都直言不諱地跑來找我談。

「太太，妳猜我和令夫是什麼關係？」她的問題教我十分難堪，我只想把臉別開。

「妳一定以為我在跟妳搶老公吧？這也難怪，畢竟是我故意讓大家聯想的。妳然既不知道我的用意，會誤會也是無可厚非。但我要向妳澄清，我對令夫是沒有感情的。我這麼說，妳一定打死也不信吧？既然如此，我就告訴妳我的祕密，這是最高機密，但我認為太太有必要知情。我不在乎世人如何誤解我，但我希望太太能明白我的用心，我會證明為何我和令夫的關係並非如妳所想。

令夫其實……是我的仇人。這事得追溯到許久以前，妳知道令夫有一名男下屬，因為盜用公款的罪名鋃鐺入獄，最後自殺了嗎？當時還有領事裁判權，所以他是被令夫制裁的。

那人是我心愛的未婚夫，原本我一直在等他休假回國，娶我當外交官夫人，讓我過上夢寐以求的生活，結果呢？當我接獲噩耗，得知他因為這項罪名入獄自縊，妳能想像我的心境嗎？那就跟從天堂一頭栽進地獄沒有兩樣。

比起他到底犯了什麼罪，我更在乎令夫為何見死不救。那不是他的部下嗎？我好恨，我恨他這個無情的判官。未婚夫自殺後，我的心也跟著變了。我先是跑到他挪用公款的地方隱姓埋名，接著為了復仇而四處奔走。此仇不共戴天，即便令夫待我再好，我也不可能愛上他。這點我可以向妳保證，妳儘管放心。」

我立刻詢問丈夫，他說的確有這麼一回事，但他不確定那名下屬是不是有喜子的未婚夫。若屬實，此事實在令人膽寒。

有喜子若無其事地笑著說：「令夫既然是仇人，太太就是仇人同夥了。那麼在笹屋這間茶館伺機報仇的我，便是有喜大盡[1]了。」

她甚至半開玩笑地說：

「我是個有仇必報的女人，但就算面對仇人，也不至於偷襲，使些下三濫的手段。不堂堂正正地報上名號，那可多沒意思，因此我下手前一定會警告，妳大可放心。」有喜子的語氣雖然是半開玩笑，但我覺得她是認真的。她那黑淵般的眸子散發著一股難以言喻的光芒，令我感到毛骨悚然。我心想以後還是別和她見面比較好，一度避而不見，但她馬上就揭穿了我的心思。

「太太是不是覺得與我見面很噁心，想趕我走？這就大錯特錯了。正宮都會想趕跑自己丈夫身邊的女人，但那是不對的。妳愈是把人家當作狐狸精看待，人家就愈想逼宮。其實再惡毒的女人，只要妳尊重她、發自內心關懷她、憐惜她，她都會心軟，自然就會手下留情。但我不一樣，為了擊垮仇人，我會死纏爛打到底，而且妳若真趕我走，那可就危險了，因為我沒辦法向妳警告，只會殺妳個措手不及，妳可要當心啊。」

譯註1　赤歲浪士——大石良雄為了潛入妓院伺機報仇，為自己所取的化名。

我真的非常厭惡有喜子，但我不能逃。她口口聲聲喊我們是仇敵，我不曉得那究竟是開玩笑還是真的，但若她說那些話是發自內心，丈夫豈不是跟抱著炸彈一樣危險？我提醒丈夫要提防那女人，他卻不把我的話當一回事，還說「有喜子喜歡寫小說，所以天馬行空了點。瞧妳急成這副德性，我看她這次一定寫得不錯。」

但我還是提心吊膽，上封信我曾向妳提到，我來到這裡沒多久就掛彩了，最近我才恍然大悟，原來也是中了有喜子的詭計。當時祭典用的神轎被抬進旅館，我不清楚當地的風俗民情，一下子搞不清楚狀況，有喜子見狀居然從我後面推了一把，把我推到陽台，害我居高臨下地望著神轎，惹怒了抬轎的一幫年輕人，他們把我從陽台拖到地上，令我吃足了苦頭。就是這件事害我在這裡變得聲名狼藉。

還有人說我當時穿著邋遢的睡衣，更是引起眾怒，但我並沒有穿睡衣。何況在那一瞬間，男人眼裡哪分得清我穿的是睡衣還是便服，那根本就是有喜子胡謅的。

那幫年輕人氣勢洶洶，從此我就對日僑退避三舍。而且他們老是背地裡說我壞話，煩不勝煩，於是我決定哪裡也不去，避開討厭的交際，除了西方人以外的公眾場合一律不露臉，結果這次又惹得當地太太們不愉快了，我的名聲從此一落千丈，日子過得苦不堪言。我已經心灰意冷，只想回國守著沒有丈夫的家，平靜地帶孩子，可是一想到我離開後，有喜子不知會有多囂張，我就嚥不下這口氣，不甘心離開丈夫。但當她怪裡怪氣地對我說「報仇的時機就快到了」，我又如坐針氈。這種女人說的鬼話，照理說不該放在心上，但我的心頭卻總是縈繞著一股不祥預感，令我瑟瑟發抖。

S夫人等我看完信，說道：

「每次收到這樣的來信，我都會盡量安慰她，某天她卻突然斷了音信。一個月後，又忽然發來電報，請我立刻去一趟。」

「這事我有印象，枉費妳辛苦奔波，夫人卻身亡了——她是自殺吧？」

「這個嘛，接下來我就是要談這件事。事情已經過了兩年，我想應該可以說了。」

夫人打開剪貼簿，翻開當時的剪報給我看。

標題是「孤零零的行李箱捎來死亡預告？——宮地（化名）夫人離奇身亡」。

四月二十五日中午十二點三十分，發自神戶的特快車抵達東京車站後，所有乘客皆已下車，二等車廂中卻遺留了一把洋傘、一件披肩、一個鱷魚皮包及一只小型行李箱，而且找不到失主。有人懷疑失主可能於列車行駛途中墜落車外，引發軒然大波，警方自神戶到東京之間延站搜索，於國府津附近發現一名婦女遭列車輾斃、當場死亡，經調查後，死者為宮地（化名）夫人，自丈夫外派的地點回京途中離奇身亡，然而死因究竟自殺或過失致死，尚不明朗。該列車之車掌伊藤春吉表示：

「列車通過裾野站附近時，有一名看起來像是從國外回來的美麗夫人站在連廊上，問我『能否讓我打一通電報？』她將電報紙遞給我，便轉身進了餐廳列車。我只記得她個子很嬌小，好像穿著紫色的服裝，除此之外就沒印象了。」

到場調查的站員則表示：

「沒有發現遺書，恐怕不是自殺。可能是轉彎時她還站在連廊上，不慎被甩到車外。」

謎團的鑰匙握在S夫人手中，是自殺、過失致死、抑或他殺，真相始終不曾公開，甚至在當下，我也被蒙在鼓裡。

2

夫人啜飲了一口冷掉的紅茶道：

「每一則新聞都只報導她是宮地（化名）夫人，真名並未曝光。雖然有點妨礙理解，但很遺憾，我不能透露正確的地名、她丈夫的身分地位以及本名，包括是大使館或公使館，還是總領事館，都任憑妳想像。我們就假設她是宮城野總領事夫人吧，叫某位夫人未免太生疏了。

我收到電報後，傍晚便出發了。抵達當地以後，我在趕往宮城野夫人的住處前，先在市內的某間飯店訂了一間房。那間飯店是日僑開的，對於打探當地消息再方便不過，我還要了一張推薦函再過去。

我一直以為夫人會更早發電報給我，因為我知道發生了什麼事。大約十天前，那名妖婦——笹屋的有喜子慘遭不明人士殺害，而且地點就在宮城野夫人宅邸附近的街道。但就算撇除這點，所有矛頭一樣會指向宮城野夫人，畢竟有喜子是她丈夫的女人。看著她被無端捲進風波、陷入如此絕境，實在令我心疼。

妳應該也猜到我為什麼要在飯店住一晚了吧？因為我想知道日僑是怎麼看待她的。光看夫人在信中描述自己名聲不好，實在疑點重重。我認為必須仔細調查夫人的名聲究竟為何會一落千丈。

我立刻向飯店老闆娘打聽各種消息，看她的表情，應該從未見過總領事夫人，但她還是說：

『前任總領事夫人是一位溫柔親切的好人，至於——』

她支支吾吾起來，大概是發現我在觀察她的反應吧？我決定講幾句夫人的壞話，引她上鉤。

『我聽說宮城野夫人的名聲不太好，很愛擺架子。』

女人的小圈圈最容不得有人擺架子。我故意皺起眉頭，加重語氣數落夫人，老闆娘點頭如搗蒜地道：

『對對對，聽說她囂張得很——自以為高高在上，一副不可一世的樣子，所以大家都很討厭她。』

『換句話說，她認為自己是總領事夫人，身分特別尊貴，瞧不起這兒的其他夫人們是吧？那她在聚會、宴會時一定也很盛氣凌人吧？』

『這倒沒有聽說，因為她從不出席日僑宴會。不論寄多少邀請函過去，她一律拒絕。但洋人的聚會倒是參加得很勤，這也難怪大家會覺得不舒服，私底下都罵她目中無人、根本瞧不起日僑。不過發生過那麼多事，她會被眾人嫌棄也是活該啦。」

『發生了哪些事？』

『我也不是每一樁都記得很清楚，但有一件事是這樣的。她可能不太清楚本地風俗吧——其實總領事夫人剛到這裡時，神社正在舉行祭典，那是一年一度的盛事，熱鬧非常，為了討個吉利，神轎依照習俗都會先到總領事館一趟。』

『為了表達敬意嗎？』

『是啊，神轎進總領事館後，大夥會一塊敬酒，接著由夫人出來迎接，獻上祝賀，這是一直以來的習俗，但或許她並不清楚吧？總之那時神轎正在爬坡，抵達總領事館正門口時，聽說夫人先是搖搖晃晃地出現在露台，不一會兒又跑到玄關旁的陽台默默地看熱鬧。總領事館位在山坡上的高處，她那模樣就像居高臨下在睥睨神轎，惹得年輕人們群情激憤、火冒三丈，加上又有人說夫人穿著睡衣。穿睡衣藐視神轎簡直是天理不容，接著就有人大喊把夫人拉下來，幾個血氣方剛的就衝上陽台，把夫人硬是拖下來給她好看。夫人因此受了傷，若不是白石書記生即時趕到，還真不曉得會發生什麼事呢。當時大夥都喝得醉醺醺的，分不清是誰下的手，夫人又掛了彩……自那以後，她的名聲就一落千丈了。』

『居然發生過這麼荒唐的事。初來乍到就有這番遭遇，即使不是宮城野夫人，恐怕也會嚇壞吧。』

我心想，日僑就算喝得再醉，打傷總領事夫人也不是開玩笑的。

『自那以後她就再也沒到鎮上露面，也絕不出席日僑的聚會。她因為打死不出席，也惹得夫人們很不高興。』

『真可憐，而且我聽說她的丈夫還與笹屋的女人有染。』

『那女人——有喜子被殺了。』

『犯人抓到了嗎？』

『抓不到，這一帶出入複雜，殺了人要逃也不是什麼難事。』

『總領事得知自己的女人遇害，心裡肯定很難受吧。我看報紙，據說手法很兇殘。』

『那女人如果想逃，應該是逃得掉的，或許是性格太倔強才錯失良機吧。總之謠言滿天飛，有人說兇手是支那人，也有人說犯案方式不像出自男人之手，一定是某個對她恨之入骨的女人所為，因為若不是忌妒，下手怎會如此兇殘——』

『女人？』

『有喜子長得非常漂亮，而她的臉被砍得稀八爛──這麼殘忍的手法，男人肯定做不出來。還有一事很古怪，她怎麼會挑在那種時候，跑到冷清的領事館附近呢？一定是有人約她過去的──』

『可是──有喜子平日就會出入總領事館不是嗎？』

『哎呀，大家都知道夫人表面上很禮遇有喜子，待她很好，但實際上有喜子常嚷嚷著夫人很可怕，還對笹屋老闆娘說過有朝一日她一定要報仇。』

『但這不太可能吧？她聲名狼藉是一回事，連殺人嫌疑都懷疑到她頭上，就有點過分了。』

『您說得沒錯，就是有人愛胡言亂語。』

『報紙不是說，有人目睹一名年輕支那人在冷清的街道出沒嗎？』

『但也有跟報紙截然不同謠言──據說那人長得很像白石書記生，而不是支那人。現在到處都在討論這椿命案，真是討厭。希望大家能趕緊結束這話題，改聊些有趣的事。』

3

宮城野夫人比我想像的還憔悴，如病人一樣臉色發青，她一見到我，話都還沒說出口便淚眼汪汪。

『妳來了，妳終於來了。』

想到夫人受盡委屈，我的心不禁揪了起來。

『妳的房間我已經安排好了，妳就暫時住下來吧。這裡沒有人肯幫我，我一個人真的不知道該怎麼辦。』

見夫人那麼垂頭喪氣，我努力安慰她：

『這太不像妳了，打起精神來。』

『妳如果多待幾天，看看我都過著什麼樣的生活，就會知道我為什麼會變成這樣了。來，我帶妳去房間吧。行李呢？』

『其實——我在鎮上的飯店訂了一間房。』

『咦？飯店？日僑開的吧？』

夫人立刻露出嫌惡的神色。

『那妳一定聽到不少傳聞了吧？我在這裡簡直是人人唾棄，但也無可奈何，一切都回不去了。我已經厭倦了，只想回東京靜靜地生活，卻又突然發生這麼恐怖的命案，害我有家歸不得。』

『妳只要問心無愧就好，不必在意他人想法。』

我這麼說是想要安慰她，但言者無心、聽者有意，她神情激動，連唇色都變了：

『飯店的人還說了我什麼？一定說是我殺了有喜子吧？反正不管發生什麼壞事，大家都會賴到我頭上，為什麼要這樣逼我？』

『妳多心了，沒有人說妳壞話。』

『不可能，他們一定有說，一定有！』

夫人歇斯底里地吶喊，神色痛苦憂傷。我感到非常心疼：

『妳只是有點水土不服。』

她聽了，苦笑道：

『是啊，但若不是有喜子，事情也不會發展成這樣。有喜子是個野心勃勃的女人，她想要逼宮，自己當總領事夫人，只要她的計畫成功，讓我在這裡身敗名裂，她就能鳩佔鵲巢。』

『但以總領事的為人，他不可能讓那種來歷不明的女人當上夫人。』

『妳錯了，一旦我退出，丈夫一定會迎娶那狐狸精進門。』

『假設真是如此，那女人也已經死了，問題已經消失了不是嗎？』

『問題雖然消失了，我卻依然飽受折磨。殺人嫌疑落在我頭上，可見她連死了都不肯放過我。但就算眾人都懷疑我，我也是清白的，倒是——』

宮城野夫人忽然眉頭深鎖，壓低音量：

『殺人嫌疑已經無所謂了，現在其實有更嚴重的事令我心煩，這正是我請妳來的目的。』

『比命案還嚴重？』

『對領事館而言，非同小可。』

夫人擔心隔牆有耳，便帶我到與寢室相連的起居室。起居室不大，裝潢是日本風，鋪著榻榻米。一問之下，原來這個房間是為了我特地空下的。

我坐在蓬鬆的紫色絲綢座墊上，頓時渾身放鬆，這下可以好好聊聊了。跟方才在昏暗寬敞的待客室相比，夫人的臉色看起來明亮不少，她刻意支開僕人，親自泡了紅茶，端了些點心過來。

接著，夫人便將所謂的大事，向我娓娓道來。

『距今正好十天前，在有喜子遇害的同一晚，總領事館開了一場盛宴，那時，一名叫白石的書記生忽然想起有要事沒辦，便溜出宴席，跑進辦公室裡。他迅速把事情做完，匆匆忙忙打開門，正要離開辦公室時，忽然竄出一道黑影，像疾風一樣呼嘯而過，那黑影經過他身旁時，四周都是撲鼻的香水味。就在白石先生愣在原地時，黑影忽然被守衛抓住了。』

那是誰呢？似乎是個女人，她剛才一定是躲在辦公室裡。白石先生一時好奇，走近守衛身旁一看——那是一名披著黑色面紗的女人，容貌都被遮住了，身材很高䠷。

『白石先生，是我，求你救救我。』女人苦苦哀求，白石先生當下心情不錯，又聽到女人呼喚自己的名字，心裡飄飄然，便決定幫她一把。

『原來是妳啊，我送妳出去。』守衛聽他這麼說，連忙為自己的失禮致歉，送兩人到門口。走到一半時女人停了下來，附在他的耳畔道：

『我是來赴約的，可惜沒見到人。這件事你要幫我保密哦，不然總領事一定會罵我的。』

白石先生這才意識到那女人正是有喜子。

出門後，兩人一起走了一會兒，但女人堅持自己可以一個人回去，要白石先生別送她。她默默伸出左手，想要握手道別，而白石先生已經有點醉了，他撥開她的左手，將她插在口袋中的右手硬是拉出來，有喜子輕輕啊了一聲，想縮手卻被緊緊握住，只好就這樣與他道別。

握手時，白石先生的手掌沾到了某種黏黏的東西，但天色已暗，看不清楚，只好伸進自己的口袋用手帕擦掉。又走了五、六步，他猛然回頭一看，發現不知從哪冒出一個男人與她並肩走著。那女人畢竟是藝妓，交遊廣闊，但他心裡還是有點不是滋味，便一路盯著他們的背影，不一會兒，兩人就轉進了黑暗的小巷。

宴會結束後，白石先生回到自己的寢室，忽然想起和她握手時摸到了黏黏的東西。他不假思索地往手掌一看，發現一片猩紅。

那顏色看起來像是血。他感到很奇怪，仔細檢查自己是否有受傷，但都找不到傷口。

一頭霧水的他掏出手帕想把血擦掉，這才赫然發現，皺巴巴的白色手帕上沾滿了血跡。但此事古怪歸古怪，夜已深了，他便倒頭睡著了。

隔天進辦公室時，他已經把昨晚的事忘得差不多了，直到總領事命令他去金庫拿資料，看見金庫門前有一滴血，驚嚇之餘才猛然想起昨晚的事。一股莫名的不安襲向他，他慌慌張張地想把血擦掉，但血痕已經乾了，緊緊附著在地板上，費了好大一番功夫才清理掉。就在他要打開金庫時，發現門縫卡著一片皺皺的薄膜，門一打開，薄膜便瞬間脫落，他將它撿起來，和手帕一起塞進口袋裡。

沒過多久，白石先生就發現總領事交待他收進金庫裡的機密文件全都不翼而飛，領事館也鬧得雞飛狗跳。那些都是不得向外界公布的最高機密調查文件，萬一公諸於世，總領事恐怕大禍臨頭，因此每個人的臉色都很難看。

在所有館員中，白石先生看起來最悶悶不樂，也最憔悴，令人十分同情。從時間點推測，有喜子與他告別沒多久就遇害了，更令人毛骨悚然的是，金庫門上夾的薄膜，仔細一看其實是人類指頭的皮。調查以後，證實那是從有喜子的食指上削下來的。

沒有人知道有喜子為什麼要潛入辦公室，在金庫門上留下手指皮後離去，但從機密文件遺失來看，只有可能是她偷的，但她為什麼要偷？令人百思不得其解。

有人說白石先生怪怪的，身邊也愈來愈多人懷疑他。那晚他確實犯下不少錯，被懷疑也是無可厚非。說有要事沒辦而在宴會途中溜走，跑進辦公室，仔細想來也有些古怪。他說是自己忘了把門關好，才讓有喜子趁機潛入，但也有可能是他故意不把門關上。而對白石先生最不利的，就是有喜子被守衛逮住時，是他上前解危，帶她到外面去的。從這種種關聯來看，白石先生無疑是重大嫌疑犯。

但他本人自那次事件以來，就成了半個病人，神經極度衰弱，似乎老是在害怕什麼，每天如坐針氈，交代他的事情不是忘記、就是搞錯，完全無心於工作。進了辦公室也總是悶悶不樂、愁眉苦臉、不發一語，甚至胡亂酗酒，旁人看了既是擔心又傷腦筋，萬一他再犯錯可就糟了，於是領事館打算最近就派他回國。我認為白石先生應該是被有喜子利用了，而不是串通好讓她來偷文件。但不論如何，文件就是遺失了，現在肯定在某人手上。我希望能找回文件，洗刷白石先生的嫌疑。」

4

「有喜子遇害的街道據說有鬼魂出沒。鬧鬼的第二天早上，老闆娘便在我喝咖啡時跑來說：

『昨晚我們這裡有一位客人，他的膽子非常小，但還是在深夜時分開車經過那裡，結果忽然有一道白色的影子飄到馬路上，接著又消失了。我看那裡已經不能去了，嚇都嚇死了。就算要去領事館觀光，也千萬別走那條路。』

『天啊！真恐怖！』

當晚，我跑到那條冷清的街道觀察，別說鬼魂了，連個人影都沒見到。傳說中的鬼魂躲了起來，令我有些失望，就在我轉身打算回飯店時，忽然看見路旁樹蔭裡冒出一個男人，他的步伐輕飄飄的，彷彿浮在半空中，走路時身子一晃一晃，在旁人眼中還真像鬼魂，加上他穿的衣服灰灰白白的，白天看的話可能是銀灰色吧。

他離開後，我偷偷跟了上去，在巷子轉彎時，我藉由街燈光芒看見了他的臉。他的身分在我預料之中，因此我並不特別驚訝。我追了上去，喊他的名字：

『白石先生、書記生先生。』

他嚇了一跳，僵在那裡。看到我的一瞬間，他下意識地想逃跑，但似乎臨時改變主意，靜靜地站在原地。他瞪大的雙眼中，滿是狼狽之色。

『有事嗎？』

他的聲音在發抖，大概是想逼自己冷靜吧。

『我有些事想請教您，但在街上不方便說話，請您隨我到領事館一趟吧。』

我看時間，現在是凌晨一點。這麼晚了我也不便請他隨我回旅館，但又想避免被人竊聽，還是選擇到領事館內比較安全。

我在白石書記生對面坐了下來。他鬆垮的臉頰不斷抽搐，雙手抖個不停，神色驚慌失措，來回東張西望，看了教人於心不忍。他還這麼年輕，為人似乎也不錯，卻墜入這種恐怖的深淵，這究竟是誰的錯呢？一想到這裡，我就對世人不負責任的風言風語感到憤慨。尤其我曾私底下對白石先生調查了一番，便更同情他了。

白石一開始仍想隱瞞，但就在我透露了一些調查結果後，他以為我什麼都知道了，便把有喜子遇害當晚，他所目睹的事情一五一十地告訴我。

『那晚我送有喜子到半路上，她一直拒絕我送她，我只好與她道別。後來回頭一看，發現她的背影旁多了一個人……目前為止都跟我向總領事及同事報告的一樣，但接下來就不同了。我其實沒有直接回領事館，而是尾隨在後，因為我實在太好奇了，想看看那個男人是誰。他們停在那個昏暗冷清的地方，激烈地吵了起來，我雖然聽不太懂內容，但也在四、五公尺外停下來，躲在電線桿後面偷看。那男人正好轉向正面，所以我看得一清二楚，他個頭很小，面容清瘦，卻殺氣騰騰。他不是日本人，而是支那人。我聽說有喜子有一個支那情人，想來就是這傢伙吧。街燈下的有喜子看起來非常恐懼，她的臉頰肌肉一直在跳動，臉色蒼白如死人，想說些什麼，聲音卻卡在喉嚨裡發不出來。

兩人互相瞪視了許久，激烈地爭論了幾句，接著——

「妳背叛我！」

男人尖銳的叫聲伴隨著一道刺眼的閃光，一陣淒厲的慘叫接著響起，女人轉身狂奔……我眼睜睜地看著這駭人的一幕，聽著她求救與哀號，卻也什麼都做不了。我的身體像痲痺一樣動彈不得，意識也有些朦朧不清，等我嚇了一跳回過神來，四周已經一片死寂了，但依稀能聽到附近有粗重的喘氣聲。當我驚覺那聲音已來到我身旁時，男人向我下了一道可怕的指令。他的雙眼布滿了血絲，狠狠地瞪著我，厚重的嗓音一字一句命令我——要我把機密文件偷出來。

有喜子的支那情人實際上是間諜，她則是他的爪牙，為了盜取機密文件才接近總領事、巴結夫人。而等待許久的機會終於來了，她潛進辦公室，打開金庫，卻找不到重要的機密文件。男人覺得有喜子一定是假戲真做愛上了總領事，才會背叛自己，變心的女人難保守不住祕密。或許是害怕洩密，他才會殺了她吧。

他接著威脅我，要我將有喜子沒偷到的文件偷出來，還要我發誓。若我不順從，一定會當場落得跟她一樣的下場。我已經嚇得魂飛魄散，根本無法拒絕他的命令。於是我每晚都得到有喜子被殺的那個四下無人的地方和他見面，直到他取得機密文件為止。

但那份文件在我打開金庫時已經不翼而飛，有喜子也沒有找到，所以一定是有人先潛進去，把文件偷走了。

雖然我是身不由己，但既然和那種可怕的人扯上邊，不論回不回國，我都逃離不了險境。我想，我這輩子已經完了吧。』

白石書記生說著，落魄地笑了。」

5

「此時回飯店已經太晚了，我便在宮城野夫人的宅邸住了下來。一進自己的房間，我便倒頭睡著了。

不知睡了多久，好像有人進到房裡，我因此醒了過來。厚厚的地毯上有人在輕輕走動，發出絲綢的摩擦聲。我把羽毛被拉到胸前，屏息觀察。我雖然說我醒了，但或許還有點半夢半醒吧。一開始我以為是小偷闖入，但仔細一瞧，那不是宮城野夫人嗎？原本我還納悶這小偷的個子怎麼這麼高，原來是夫人的睡衣下襬長長地拖在地上。夫人怕吵醒我，躡手躡腳地走向房間角落，那裡有一個大衣櫃，裡頭空間很大，也充當收納櫃。夫人的手掩在衣櫃門上，她站在暗處觀察了一會兒，想看我睡得熟不熟。

或許是玻璃窗透入的月光過於蒼白，夫人的臉孔也慘白得像是鬼魂。她像夢遊一樣，搖搖晃晃地打開衣櫃門，身體埋了進去。

我急忙下床，悄悄靠近衣櫃門，從窗簾縫隙偷看。夫人正拿著手電筒，頻頻照射手提箱內，過了一會兒才安心地闔起蓋子上鎖。我被夫人的舉動嚇了一跳，她為何要在三更半夜，跑來檢查手提箱呢？裡面裝的東西真的那麼重要？就在我疑惑時，腦中突然閃過一個答案。我站在窗簾的陰影中，等待夫人離開衣櫃，她還不知道我已經起床了，依然躡手躡腳地離開，發現我就站在一旁，才倉皇狼狽地說：

『原來妳早就醒啦？』

她的語氣像是在責怪我。

『我已經在這裡等一陣子了——等妳把收在手提箱裡的東西交給我。』

我們之間瀰漫著緊張而漫長的沉默。夫人凝視著我，發出痛苦的喘息，低聲呻吟道：

『那妳一定什麼都知道了，我本來想趁妳發現前先向妳坦白，可是——我實在說不出口。在妳來的第一天，我和妳聊了那麼多，其實就是想向妳自首，但終究說不出口。我實在沒有勇氣向妳坦白——』

夫人說著，快步走向衣櫃，回來時手上拿著一疊文件。她遞給我說：

『S夫人，妳現在一定很瞧不起我吧，但我實在別無他法。』

『妳把我叫來，是因為文件是妳自己從金庫裡偷出來的，妳想拜託我把妳藏好的文件找出來，藉由我的手奉還給總領事。』

『對不起，真的很對不起，如果不這麼做，我實在想不到其他方法能還給他。』

『跟丈夫坦白，向他道歉不就好了嗎？』

『跟丈夫坦白？不行，那太可怕了。如果道歉他就會原諒我，我也不必那麼煩惱了。不論我是出於什麼緣由，他都不會放過我的。萬一被丈夫知道，萬一傳入他耳中，我就死定了。求求妳救救我，S夫人，求妳救救我。』

夫人淚流滿面，抬頭望著我，像在祈求我憐憫她。我默不作聲，陷入沉思。

『妳剛來的時候，我是真的想向妳坦白一切。我想與妳商量，好好拜託妳，卻實在說不出口。因為我怕被妳責罵——但除了死皮賴臉拜託妳，我也實在無路可走了，求妳救救我吧。』

夫人苦苦哀求，但我一時之間也拿不定主意。這件事有太多疑點，我不能隨隨便便就答應她，必須先把疑點問清楚。

『我最搞不懂的是，妳為什麼要偷機密文件？』我問道。

『現在冷靜想想，當初我可能是瘋了吧，我覺得丈夫和有喜子一直要趕我走，他們沆瀣一氣，想趁機休了我，但我已經下定決心，拚上這條命也要把丈夫從她身邊搶回來，要對付她用普通方法是行不通的，必須採取非常手段，於是我先把機密文件偷了出來。機密文件一旦遺失，丈夫就得引咎辭職，這麼一來他自然得離開這裡。但實際上文件並未遺失，因此總有辦法圓場吧，即使沒辦法，至少也能趕走有喜子。其實那時我已經做好心理準備會被休了——』

『既然那女人已死，妳的目的自然就達成了啊？為什麼不盡早把文件還給丈夫呢？在領事館人心惶惶前，讓風波平息不是更好嗎？』

『有喜子遇害的隔天早上，白石先生就已經發現發現機密文件遺失了，大家都很氣憤，以為是有喜子偷的，她罵名纏身，我當然樂見其成，心裡痛快得很，於是我決定靜觀其變。但文件畢竟已被我盜出金庫，我又害怕會有人把它偷走，每天都過膽顫心驚。我盡量不離開這個房間，心中隨時牽掛著手提箱，但還是擔心得不得了，每晚夜深人靜都一定要來檢查箱子裡，否則就睡不著，但還是被妳發現了。』

『既然死人有喜子已經揹了黑鍋，妳也樂得輕鬆，為何還要請我找出文件呢？』

『起初有喜子是唯一的嫌犯，因此我決定坐視不管。那狐狸精遭到這種惡報是罪有應得，可是隨著日子過去，白石先生因為那晚形跡可疑，也成了嫌犯，那麼老實又善良的一個人，遭受這種不白之冤，令我良心不安，加上白石先生日漸憔悴、心中的苦悶全都寫在臉上，精神衰弱一日比一日嚴重，我再也無法保持沉默了。只有一個方法能還他清白，那就是找出文件，所以我決定拜託妳。原本我打算自己了結一切，但既然那狐狸精已不在，我又何必離婚？若我能獨善其身也就罷了，但我有孩子，一想到孩子，便打消了和丈夫離異的念頭。我罪惡滔天，自然不值得妳救，但看在孩子的分上，求妳幫幫我們吧。』

說也奇怪，我還真是拗不過老朋友。若是平常的我，知道有人這樣處心積慮地利用我，我一定恨得咬牙切齒，絕不會有一絲一毫的憐憫，但宮城野夫人的請求我卻統統答應了。

總領事館內響起了許久不聞的歡聲笑語，館員們臉上的慘霧也煙消雲散。宮城野夫人握住我的手，默默感謝我。夫人長久以來因為勞心而疲憊不堪，身體也大不如前，決定與我一道回京，休養一段時日。然而就在我們忙著準備回國時，卻接獲了白石書記生於回京途中，在國府津車站一帶跳軌自殺的惡耗。

明明已洗清冤屈回京，卻依然走向悲劇。他的死令宮城野夫人再度陷入了憂鬱。

我與宮城野夫人一起到了神戶，並在當地道別。宮城野夫人前去拜訪親戚，我則立刻趕往東京。然而回京隔天，我便得知夫人也在國府津車站一帶自殺身亡了。」

情鬼

一隻體格壯碩的看門犬不知從哪冒了出來，疑心重重地跟在我們身後。我們穿過樹叢，走在草坪上，草坪沾滿了露水，衣服下擺變得濕漉漉的。

1

「小田切大使自殺了。」

才翻開晚報，S夫人便說道。那一瞬間，我腦中掠過一道身影——豔冠群芳的宮本夫人。

從小田切大使自殺聯想到宮本夫人，其實有些莫名其妙，或許是我腦中的某個角落，仍記得二十幾年前的舊聞吧。

當時小田切大使與宮本夫人都還年少，身為青年外交官的他與她，不論到哪都話題不斷，兩人的關係也是公開的祕密，幾乎無人不知、無人不曉。宮本夫人喜歡賣弄姿色，老是打扮得花枝招展，又愛附庸風雅，因此名聲並不好。據說她還仗恃著先生大公司代理分店長的地位頤指氣使，惹得公司宿舍的女子都很反感，甚至有人跑去向宮本先生告密，向一無所知的他揭發夫人的種種劣跡。聽說宮本先生被活活氣死，但他實際上是外派時水土不服而病逝的。

大谷伯爵明知兩人關係匪淺，還是將掌上明珠許配給了小田切大使。這樁聯姻引發了各種流言，有人說伯爵曾斷言將來一定是小田切的天下，不論真相如何，預言都成真了，小田切果真平步青雲、飛黃騰達了起來。

小田切大婚時，看笑話的人都在恥笑宮本夫人，笑絕世美女在伯爵千金的頭銜前狠狠摔了個筋斗，真是大快人心。但這些流言也只鬧了一陣子，不久便再也沒人提起兩人之間的關係，甚至連宮本夫人這個人，都被世人遺忘得一乾二淨。

但我仍記得當年的事情，所以一聽到小田切大使自殺，立刻就聯想到了宮本夫人。

報紙起初推斷是自殺，之後一度懷疑是他殺，搞得大眾嘩然、各種臆測滿天飛，最後才確定是自殺。

由於報導的自殺日正好是小田切夫人的一週年忌日，且小田切臨死前抱著夫人的照片，因此我一開始就認為是自殺。S夫人雖然沒有特別反駁，卻也不同意我的看法。

「小田切先生派駐的地點是外交要地，那不僅是他外交生涯中的一大殊榮，也是一個很棒的舞台，正適合大展身手。能夠被選派到那裡，代表他處於人生的巔峰，在這種事事如意的時候，居然因為眷戀夫人而自殺，不是很古怪嗎——」

「妳認為是他殺？」

與S夫人不同，我和小田切大使是舊友。他是個豪放不羈的才子，但也有脆弱、多愁善感的一面，加上他與已故夫人是出名的鶼鰈情深，因此我認為他自殺並不意外——

「我也無法肯定是他殺，但若是自殺，應該有什麼更深的緣由。雖然也不排除他一時想不開，但小田切先生應該不是那樣的人，大家都說他很冷靜、從容不迫。」

「但他私底下是很熱情的，所以才會和宮本夫人陷入那種關係吧？」

「這也不無可能，但若是自殺，應該還有其他更致命的因素才對。例如外交失敗、機密文件外流，或是外交部有什麼強人所難的意見或命令，只能硬著頭皮去做。外交官很容易抽到下下籤，夾在日本與外國之間兩面不是人，不僅長期憂鬱、腦神經衰弱，還得被不知情的民眾臭罵無能。外交官往往也有許多祕密，男女關係複雜，不是三兩下就理得清的。若是他殺，大眾自然會很好奇，報紙也會大書特書——」

「妳的意思是，如果只是單純自殺，根本不會占據這麼多報紙版面？」

夫人望著我的臉苦笑。

後來我們就沒有再聊小田切大使自殺一事了。

被工作追著跑的我，忙到連告別式都不及參加，心中卻始終放不下。某天終於得了半日閒，我便臨時起意去為他掃墓。

那陣子天氣都不錯，當天一早卻烏雲密布，下午還颳起暴風雨。聽著狂風驟雨聲，我很猶豫該不該出門，但還是鼓起勇氣決定去掃墓。

暴雨斜斜地打在一圓計程車的窗戶上，連椅墊都被水花噴濕。我把洋傘打開，擋在在駕駛座和客座之間，水花才小了一點。電線被吹得嗡嗡作響，大樹在狂風摧殘下幾乎快攔腰折斷。這種天氣當然沒有人出門散步，甲州街道冷冷清清，途中只遇到一次卡車，就連一圓計程車的影子都沒見著。

墓園入口兩側有許多茶舍，我請司機在其中一間面前停了下來。

「請問小田切大使的墓在哪？」

司機從窗戶探頭，代我詢問。

「還沒有墓，你們可以去問事務所。」

老闆娘坐在長火鉢前，用煙管指了指事務所的方向，親切地提醒我們。

「要祭拜的話，跟管理事務所說一聲，有人會帶你們去靈骨塔。」

我按照老闆娘所說，推開管理事務所的門。管理員坐在桌前正在查資料，我告知來意後，便請他帶我去靈骨塔。身著西裝的管理員默默站了起來，從金庫取出鑰匙，在前頭為我帶路。靈骨塔獨立成棟，蓋在年邁的栲樹與橡樹之間，外型像一座倉庫。我們沿著水泥長廊向入口轉彎時，一對似乎剛祭拜完、正要回去的年輕夫妻與我們擦肩而過。

女方個頭嬌小，外貌普通，並不起眼，但男方身材削瘦，像洋人一樣穿著合身筆挺的西裝，玉樹臨風。我驚為天人，忍不住回頭多看幾眼，夫妻倆也正好回頭。我總覺得好像在哪見過他，卻想不起來。現代年輕人多的是俊男美女，但像他這樣氣宇不凡的恐怕不多，他戴的黑色大眼鏡雖然有些笨重，卻掩不住美如冠玉的容貌，以及貴公子般的翩翩風采。多麼英俊瀟灑的男子啊。

小田切大使的骨甕上蓋著一塊黑布，擺在玻璃櫃中層，前方供奉著繫了黑色緞帶的小型假花圈。我跪在那裡，為他祈禱。

2

自那以後過了一個月，某天，一名傭人跑到我辦公的事務所，拿了一張名片給我。

我將寫有「小田切久子」的名片給S夫人看：

「這是小田切大使妹妹的名片。」

那時世人已經將小田切大使之死淡忘得差不多了，我與S夫人也不再爭論是自殺或他殺，這突如其來的造訪，令我有點詫異。

「請進。」

久子小姐跟在傭人身後，默默走進辦公室。

十幾年不見的她變得非常憔悴，昔日倩影已不復見，彷彿隨時都會撒手人寰。一番寒暄後，我問了她此行目的。

「我得知妳在偵探事務所工作，今天冒昧前來，是臨時有事想拜託妳。」

她微微低頭，忽然壓低聲音說：

「我想委託妳祕密調查一件事，此事千萬不能讓世人知曉——」

久子小姐的話停頓了下來，望向我身旁的S夫人，似乎有些顧慮。S夫人察覺後，回道：

「妳別擔心，我們絕不會洩漏半個字出去。」

聽S夫人一口答應，久子小姐好像放心不少，但依然擔心隔牆有耳，因此壓低音量：

「這事說也奇怪——哥哥的遺骨可能被人偷走了。不，應該說是被人調包了。」

夫人與我面面相覷。

「可以說清楚一點嗎？」

「讓兩位見笑了。哥哥豪放不羈慣了，連墓地也沒有規劃。去年嫂嫂在國外去世時，她的骨甕是先安置在娘家的墓園，如今哥哥也走了，為了讓兩人合葬，小田切家便重新整建了墓園，改建期間，遺骨先寄放在那邊的靈骨塔。」

「前陣子我也有去參拜，知道遺骨放在靈骨塔。」久子小姐聽了，深深向我鞠躬表達謝意，接著道：

「就在我們寄放好遺骨，放下心中的大石時，大約十天前，一個來路不明的女子寄來一封信，信上沒頭沒尾地寫著『令兄的遺骨我已取走，這是他生前與我的約定。我會好好守護他，望妳見諒。』我大吃一驚，立刻趕去墓園的管理事務所仔細檢查了一番，但寄放的骨甕仍安放在原處，沒有任何異狀。墓園戒備森嚴，我不認為有機會調包——但又覺得不會有人為了惡作劇而特地寫這種信來，為了以防萬一，我鉅細靡遺調查了來祭拜的人，發現有一人行跡十分可疑。那是二十天前的事，當天颳著狂風暴雨，一對夫妻頂著風雨前來祭拜，他們聲稱『我們是小田切的親戚，今日就要返鄉，特地前來祭拜告別，請立刻帶我們去靈骨塔。』據管理員所說，他為夫妻倆帶路後，先生站在入口門邊與他聊天，太太則獨自進入塔內，跪在骨甕前啜泣了許久。她實在待得太久了，先生無聊得呵欠連連，還抽起了菸，甚至分了一支給管理員。據他所說，那菸是舶來品，香氣絕佳，吸著吸著腦袋便輕飄飄的，昏昏欲睡，他事後還問同事有沒有聽說過這種菸呢。我也找了那名管理員探聽，但他的記憶有點模糊，只記得先生非常俊美，像女子一般纖瘦，他帶著很大的行李，說馬上就要搭車離開。當時風雨正大，管理員不知該把行李放哪，就一同帶到了靈骨塔的入口。但我對這樣的人完全沒有印象，更遑論是我們的親戚——」

「意思是，妳覺得是那夫妻倆其中一人調換了令兄的遺骨嗎？」

「除此之外，我想不到其他可能性了。但我心裡也沒個準，說不定真的是誰在惡作劇——但若真的被人調包，無論如何我都要討回來，否則對不起哥哥。將陌生人的遺骨下葬，親愛的哥哥卻下落不明——這太荒謬了。」

久子掏了掏腰帶，拿出一封不明女子所寫的信給我們看。

3

S夫人與我立刻造訪墓園管理事務所。事務所表示那對夫妻確實在暴風雨的日子來祭拜過，但園方管理甚嚴，寄放的遺骨絕不可能有異狀，因此拒絕回答問題，根本不想理我們。

久子小姐希望能暗中調查，別走漏消息，我們也不便再深入追問。

「調包遺骨的確很不合常理，或許只是惡作劇？」

「如果是惡作劇，那也未免太巧妙了。這點子一定是女人想出來的。單純偷走骨甕的話，管理員一巡馬上就會發現，但若是調包，只更換內容，就連小田切大使的妹妹都無法辨別，畢竟根本不能證明那是誰的遺骨。」

「我不是因為管理員拒絕才這麼推測的，而是調包難度太高了。」

我想起那天的事，光是要請管理員打開靈骨塔的門就很麻煩了，因此我才那麼說。

我們兩人沉默地走著，過了一會兒，夫人忽然問我：

「妳所認識的宮本夫人是個什麼樣的人？她近況如何？」

「宮本夫人是個美女，光從外表實在看不出來她的個性那麼潑辣又倔強，脾氣也很暴躁，講難聽一點就是毒婦。至於她現在過得如何，聽說她自從丈夫過世以後，又結了幾次婚。大家都很同情小田切大使過去被她糾纏，畢竟那女的風評不太好。」

「小田切大使的妹妹知道宮本夫人與哥哥的關係嗎？」

「知道吧，只是家醜不便外揚。」

「妳知道她的住處嗎？」

「這就不曉得了，或許她已經改名換姓了。還有人說她淪落到滿州，與支那人同居，但那也已經是很久以前的傳聞了。她如今人在哪我不清楚，但應該不在國內。不過，她的個性那麼善妒，得知小田切夫妻恩愛美滿，恐怕嚥不下這口氣，但她卻始終沒露面，從這些跡象來看，或許她已經死了。我是認為自小田切大使婚後，兩人就完全沒有來往了。」

「到宮本夫人以前的公司，也問不出消息嗎？」

「就算是人事課，應該也不知道吧。畢竟她換過好幾次姓氏，何況她也離開公司許久了——還不如直接問久子小姐，更容易掌握線索。他們兄妹倆感情甚篤，哥哥的事她應該都很清楚才對。」

S夫人從以前就對宮本夫人頗感興趣。她並不認識宮本夫人本尊，但她是個想像力豐富的人，便將世人的流言與我的描述拼湊起來，造出了一個宮本夫人。但我認為宮本夫人與這起事件無關，實在搞不懂夫人為何要追究她，大概是覺得從她切入，可以挖出什麼線索吧，然而時過境遷，我不覺得調查她會有收穫，對這件事自然興趣缺缺。不過身為夫人的嚮導，我還是帶她去拜訪了久子小姐。

久子小姐結過一次婚，離婚後便回到娘家，接收了小田切大使的空房，在番町的宅邸與伯母兩人一同生活。

一問到宮本夫人，久子小姐立刻蹙起眉頭。事到如今還要揭開哥哥過去的瘡疤，讓人說三道四，她的心裡一定很不好受。

「此事我不清楚。宮本小姐連哥哥身亡時都不曾露面，我也沒聽說她的消息。」

「那妳知道他還和哪些女子有牽扯嗎？」

「沒有了——哥哥以前雖然荒唐過，但與嫂嫂婚後便非常專情，嫂嫂過世後，更是潔身自愛，一心惦念著嫂嫂，為她祈福。所以不論外面謠傳些什麼，我相信哥哥都沒有出軌。」

夫人點了點頭，欲言又止地問：

「抱歉，不知令兄有沒有日記之類的札記？」

久子小姐起身走出房門，不久拿來一本厚厚的灰色筆記本，放在夫人面前：

「這是哥哥寫的日記，我稍微翻了一下，但看不出什麼端倪。」

日記中日文和法文參半，喪失愛妻令他傷心欲絕，字裡行間滿是悲痛的哀號。有些字句甚至透露出他死意堅決，欲追隨亡妻而去。我因為認識小田切大使，一想到他的苦便泫然欲泣。夫人究竟是想從這些過往的瘡疤中挖出些什麼呢？她那冷血的態度，不禁令我有些反感。死者為大，我不想像這樣傷害、玷污他，但夫人顯然不以為意，她將筆記本還給久子小姐後，說：

「也能讓我看看通訊錄嗎？」

久子小姐再度起身，拿來通訊錄。

夫人頻頻翻頁，似乎在找什麼，找到以後掏出了自己的筆記本記錄下來。我不經意地瞄了一眼，是個叫做吉岡五郎的人的地址。

4

「吉岡五郎先生是個什麼樣的人？」

夫人將自己的筆記本收好，詢問久子小姐。

「吉岡先生是哥哥的祕書官。」

久子小姐回答時，不知為何雙頰染上了些許紅暈。

「祕書官？他也是外交部的人？」

「不，他是哥哥的人，與外交部沒有關係。」

「所以是哥哥的私人祕書？」

「對，妳說得沒錯。吉岡先生是個風趣的人，他覺得私人祕書這個頭銜不響亮，便自稱祕書官。這個稱呼雖然只是在開玩笑，但久而久之我們也習慣叫他祕書官。」

「因此他並非公務員？」

「對，他是哥哥這次回國才帶回來的人。」

「他現在還常來嗎？」

「不，哥哥走了以後自然就沒什麼聯絡了，何況伯母也會囉唆——」

「伯母？」

「嗯，因為吉岡先生非常俊美，伯母說一直讓他待在家裡，太引人注目了。」

久子小姐目前並無婚配，也難怪伯母會顧慮，怕世人說閒話。

「吉岡先生是令兄的心腹嗎？」

「是的，哥哥非常重用他。哥哥常說他做事精明能幹，頭腦又好，還精通外語，是個得力助手。」

「那令兄對他有什麼特別的想法嗎？例如希望他娶妳為妻？」

久子小姐嚇了一跳。

「不、那不可能，哥哥向來不喜歡吉岡先生和我太過親近。」

「吉岡先生之前住在哪裡？」

「他借住在我們家的側屋。畢竟哥哥這次回國，預計要停留的時間並不長——」

「我記得令兄是在凌晨兩點於日光過世的，當天吉岡先生也與哥哥一同在日光嗎？」

「不，他們沒在一起。不過吉岡先生當天一直到深夜十一點左右才從外面回來。我記得很清楚，那晚吉岡先生嚴重胃痙攣，大家都嚇壞了，後來他便一病不起，連哥哥的告別式都沒參加。」

「現在你們還有聯絡嗎？」

「完全沒有了——」

「他是什麼時候回國的？」

「哥哥告別式結束的隔天，畢竟他本來就是從國外來的。」

「但那不是他的祖國吧？」

「我不確定。有次伯母和我在討論吉岡先生，我們覺得他長得這麼好看，身為男人太可惜了，哥哥聽到以後，說和支那人混血容易生出美男子，所以或許他是混血兒吧。」

該問的事情都問完後，我與夫人便從小田切邸告辭了。

「吉岡先生這個人是不是怪怪的？」

S夫人沒有回答我的問題，她皺著眉頭，不知在沉思些什麼。

「我還有事情要辦，妳先回事務所等我。」

她說完便攔下了路過的一圓計程車，迅速坐上車。

我依照吩咐回到事務所，趁著等夫人回來的這段期間，將自己的想法整理起來寫在筆記本上。

我的推理是：

吉岡五郎，年齡不明。義大利人或西班牙人與支那人的混血兒，頭腦聰明但奸詐狡猾，是個才華洋溢的美男子。

成為小田切大使的祕書後，與他的妹妹相戀。當然這都是一開始就計畫好的，只要能順利結婚，一切便大功告成，不僅能分到財產，也不必擔心失業。因此吉岡布下了天羅地網，讓妹妹深陷其中，然而關鍵人——哥哥卻不贊成，他雖然欣賞吉岡的才華，卻不想讓他成為妹婿，吉岡察覺到這點，視小田切大使為眼中釘。

或許小田切大使真的不是自殺，而是被支那人用他們一貫的技倆給殺害的。支那人性情殘忍，吉岡既然流著支那的血，為達目的，想必再毒辣的手法也使得出來。難怪大使死後，他會立刻跑回自己的國家，一定是想等風波平息了，再若無其事地到小田切家露面。若果真如此，久子小姐一定也知道一些祕密。推理到這邊，我彷彿在她身邊看見了重重黑影。有些人為了情人，連父母都敢殺害。從久子小姐提到吉岡時的態度研判，兩人之間應該已經很親密了，若小田切大使無論如何就是不答應呢？

在我完全把吉岡當作犯人時，傳來了夫人匆忙上樓的腳步聲。

5

「我要去拜訪吉岡五郎先生，妳也一起來。」

夫人帶我出門時，眼神閃閃發亮，彷彿母獵豹在草原上瞄準了獵物。我有些納悶：

「吉岡五郎先生不是回支那了嗎？」

「不，他在東京。」

「他已經回來了？」

「他謊稱自己回了支那，其實一直在東京。」

夫人領在前頭，叫了輛一圓計程車，命令司機沿著京濱國道直直地朝大森方向駛去。

途中，夫人說道：

「我們不是在小田切大使的妹妹那裡讀了日記嗎？讀完後我便覺得吉岡這個人很古怪。根據日記所述，大使身亡當天的傍晚，曾帶著吉岡先生從中禪寺湖散步到日光，兩人還一起爬了山……」

「可是，為什麼日記沒有曝光呢？報紙並沒有報導大使有寫日記啊。」

「大概是有人把日記拿走了吧，不過即使日記遺留在現場，恐怕也沒有人能夠解讀。大使是用特殊文字寫成的，也就是暗號，幸好我會解讀。見到吉岡先生後，應該會有什麼新發現吧。」

「他是犯人沒錯吧？」我內心有些得意。

我們在大森B飯店的門口下了車，夫人要我在入口稍等，自己去了櫃台。不一會兒，夫人回來了，這次她從大門反方向的後門繞進了庭院。太陽已經完全下山，四周變得烏漆抹黑。一隻體格壯碩的看門犬不知從哪冒了出來，疑心重重地跟在我們身後。我們穿過樹叢，走在草坪上，草坪沾滿了露水，衣服下擺變得濕漉漉的。

我跟在夫人身後，躡手躡腳地朝建築的角落前進。那裡有一扇窗戶對著庭院，百葉窗簾並沒有拉下，而且窗內開著燈，因此室內一目瞭然。長椅、搖椅、壁飾全都是銀灰色，木紋花磚的地板上鋪著好幾張波斯毯，有的方方正正、色彩斑斕，有的細長如蛇背、散發著冰冷的光澤。或許是光線使然，又或許是隔著玻璃窗的緣故，整個房間看起來就像泡在水裡一樣。

通往隔壁房的門半掩著，蒼白的月光不知從哪流洩而入。一名女子癱坐在門後，上半身沐浴在月光下，不遠處有一位身著晨禮服的男子，他朝這裡優雅地歪著頭，深深坐在搖椅中。我屏氣凝神，踮起腳尖看。不久，女子拖著膝蓋，如一條蛇畫著妖嬈的曲線，爬到男子身旁。她雙手置於男子穿西裝褲的膝蓋上，其中一手握著一根白色小棒子。女子起初屢屢哀求，但男子並不搭理，於是她把臉埋入男子的膝頭哭了起來，邊哭邊把小棒子貼在臉頰上磨蹭、親吻，甚至吸吮它。但男子依然面無表情、不為所動，姿勢從頭到尾都沒變過。

此時，女子不經意地回頭，望向我們躲藏的窗邊。她面容清瘦、鼻樑挺拔，是個嬌豔的美人，總覺得她有些面熟。是誰呢？到底是誰呢？我絞盡腦汁回想，忽然靈光一現。是宮本夫人！沒錯，是宮本夫人，千真萬確！與此同時，我也認出了男子的容貌，那是小田切大使！我差點尖叫出來，幸虧夫人柔嫩的手及時堵住我的嘴。

宮本夫人拖著裙襬，朝我們面前走來，我的呼吸都要停止了。幸好她渾然不覺我們在窗外偷看，她默默地將我們眼前的百葉窗簾放下，按了開關熄燈。看來她是因為忘記關百葉窗簾，才走來窗邊的。

我抱著頭，深吸一口氣，彷彿大夢初醒。難道我瘋了？可是我真的見到了宮本夫人，見到了小田切大使。我親眼目睹，絕不會認錯。但這不可能啊，我想再確認一遍，但通往隔壁房的門已經關上，看不見裡面了。我感到同暈目眩，我看我八成是中邪了，才會見到這種幻覺。

夫人望著失神的我，微笑著說：

「那是宮本夫人沒錯吧？」

「嗯，真的是她——可是，為什麼連小田切大使都在呢？」

「呵呵呵，妳沒看出來嗎？那是人偶。」

「咦？人偶？」

我感到毛骨悚然。

「而且做得維妙維肖。」

「那宮本夫人拿的白色小棒子又是什麼？」

「這個嘛，就不必討論了。反正妳也快猜到了吧？」

夫人意味深長地微微一笑。我實在很好奇那白色小棒子是什麼，卻沒有勇氣追問，只好陷入沉默。夫人將渾身癱軟的我扶起來，回到大門前，掏出名片，要求見吉岡五郎一面。我們在門前的石地等了許久。

終於，一名服務生代替吉岡現身，帶領我們在細長的走廊上轉過好幾個彎，來到吉岡的房門前。服務生敲敲門，留下我們便離開了。

我們站在門口等了好一會兒，室內響起來來回回的腳步聲，忽然，門從裡面打開了，吉岡五郎挺拔帥氣的身影佇立在門前。

「宮本太太……不，今日還是以吉岡祕書官的身分一敘吧。」

S夫人走進室內，將嚇了一跳的宮本夫人推向屋裡，同時自己帶上了門。

隔壁房的桌上，放著一個蓋了黑布的方盒，我對那盒子有印象，正是暴風雨那天我在靈骨塔見到的小田切大使的骨甕，絕對不會錯。而眼前站著的，不正是那天在水泥長廊下擦身而過，帶著黑框眼鏡的美男子嗎？宮本夫人與小田切大使的骨甕——我似乎一切都明白了，包括那白色棒子的謎團。

S夫人恭謹地低下頭，卻以命令的口吻道：

「我是小田切家屬的代理人，請妳歸還遺骨。」

宮本夫人的臉色刷得更蒼白了。

6

漫長的沉默後，宮本夫人將遺骨抱在身前道：

「我與小田切從來沒有分手，直到他在這世上的最後一天。世人都以為那已經是前塵往事，以為我倆早就恩斷義絕，其實那是我們故意讓世人這麼想的，我們只要繼續交往，勢必會受盡冷嘲熱諷，因此我才故意消失，躲避流言蜚語。

亡夫宮本外派病逝後，我便深信小田切會娶我為妻。但他這個狡猾的男人，不僅沒有將我扶正，平息世間的風言風語，為了讓世人淡忘我們的關係，他堅稱表面工夫也得做周全，不久便公布了與伯爵千金的喜訊。當時我雖然不覺得他騙了我，卻恍然大悟自己現在才看清小田切，不，看清男人的真面目。

我們曾經山盟海誓，不論發生任何事都不分開，然而他卻娶了其他女子為妻，就算他對我的心始終不變，我心裡也很難受。

我努力安撫自己的心——即使世人不接納我們，小田切真正的妻子仍是我。少了婚姻的形式也沒關係，只要能完全抓住他的心，我便心滿意足。至於他的新婚夫人，不過是粉飾太平的工具罷了——

然而我的內心其實並未受到安撫。我不甘心、真的不甘心，我覺得自己好可悲。我變得暴躁易怒，甚至歇斯底里地譏諷小田切，但我始終無法與他分手。我想，我是真的愛他吧。愛歸愛，卻也恨他入骨。

我為自己的優柔寡斷而痛苦，為什麼我深愛的人會如此可恨？報復小田切的念頭不斷浮現在我腦海，我深知他和我一樣，不論我如何撒野，他都離不開我，於是我吃定他這點，開始百般折磨他。最有效的手段就是勾搭其他男人，看著我流連於男人堆之間，他妒火中燒，我則感到非常愉快。

『妳再多忍忍好嗎？』

小田切嘶聲道。

『若你娶我，我就忍。』

每次這麼說，他總會陷入沉默。自從迎娶新婚夫人，他與我的爭執就沒停過。

儘管如此，我仍覺得自己勝券在握。去年他夫人在國外去世時，我以為他這次終於要娶我了，他卻說自己必須顧及身分地位。我聽了勃然大怒，強忍著怒火。

『身分地位？哈哈哈哈哈——』我故意捧腹大笑。

看我笑得誇張，小田切才面色難堪地改口：

『其實是我工作太忙了，無暇思考結婚的事。』

『你撒謊，你明明在考慮續弦。』

『不，不可能，我不會續弦、絕對不會。我若再娶，就太對不起妳了。妳要相信我。』

『說得可真好聽。你想以不再娶來安撫我，可是一旦情勢所逼，想必又要做足表面功夫了吧？你可真是會精打細算。』

『妳這是在惡意曲解我。』

『不然你就風風光光地娶我進門啊。』

『妳明知道我的苦衷，也最瞭解我，為什麼還這麼不懂事，處處折磨我？報復他人還沾沾自喜，可不是淑女所為，妳的行徑跟那些勢利又崇洋的妓女有什麼兩樣？妳可是宮本夫人，怎能做這麼不檢點的事。』

小田切咬牙切齒地道。我一時不知該如何回嘴，但還是不服輸地露出微笑，把頭扭向一旁。見我如此，他臉色一沉：

『千錯萬錯都是我的錯，受你折磨也是我咎由自取——但我現在要娶妳確實有困難，這點妳總能體諒吧？再等我一陣子好嗎——這不是在敷衍妳，等我功成身退，離開官場，恢復自由之身後，便能——』

『恢復自由之身後恐怕又有不同藉口了吧。煩死了，你愛怎麼樣就怎麼樣吧。到頭來我還是被你騙了，不過你最瞭解我，應該很清楚我不是那種受騙上當後哭著睡著就善罷甘休的女人，我言盡於此。』

小田切盯著我的臉，忽然態度一變，溫柔地哄起我來：

『我只是開玩笑，妳怎麼就動怒了呢？我答應妳，再等一會兒就好。好嗎？』

『一會兒是多久？你的一會兒是指幾年後？幾十年後？還是永遠？我根

本搞不清楚。你已經用這招哄騙了我多久？你最好現在就給我講清楚』。

『就算妳無理取鬧，我也不能意氣用事。』

『你看，謊言被揭穿，答不出來吧？』

『我沒說謊。』

『你就是在說謊，你的謊言騙得了別人，卻騙不了我。』

『隨妳便吧。』

『好，就隨我便。』

這樣的爭吵近來不停重複，我們之間的裂痕也逐漸擴大。

就在那時，外交部忽然發來電報，要小田切回國一趟處理要事。得知小田切要回日本後，幾乎同一時間，我也接獲一筆可靠的消息——有個望族想與他聯姻，婚事正談得如火如荼，再度外派時，他恐怕就會帶著新夫人上任了。

我再也忍無可忍了。為了確認真偽，我三番兩次質問小田切，卻問不出個所以然。於是我女扮男裝，堅持以他私人祕書的身分跟他回日本。起初我住在這間飯店，是為了方便與小田切見面，後來承蒙久子小姐的厚意，借了我小田家的側屋，我便開始兩頭跑。

小田切與我時常匆忙出門，約在飯店見面，但我們一見面就吵架。飯店人員真的以為我是祕書官，久子小姐家中的人也絲毫沒有起疑，只當我是哥哥身邊的勤勞祕書，一切天衣無縫。久子小姐待我非常親切，她很關心我、照顧我，我屢屢收到她的溫情來信，但也只能敷衍了事。

然而，日復一日的爭吵，終究迎來了終點。我們刻意選了一條人煙稀少的路，從中禪寺散步到日光，但一路上都在爭執。

他口口聲聲保證自己不會續弦，但在我嚴厲逼問下，還是鬆了口。他坦承那是長官的女兒，他根本無法拒絕。就連這一刻他都衣冠楚楚，一點也看不出來是個卑鄙小人。

『我怎麼這麼傻！』

此話一出口，我心中頓時湧現滿滿的不甘。我被騙了，我又被騙了，我又上當了。

我用力甩開小田切，頭也不回地狂奔。他從後面追上來，抓住我的肩膀，馬不停蹄地向我道歉。但我已經氣瘋了，不論他說什麼我都聽不進去。

當晚夜色昏暗，我在山路上掏出手槍，抵住他的胸口說：

『我要殺了你、我要殺了你！你竟敢騙我——把我耍得團團轉，我這一生、這一輩子——全都被你搞得一塌糊塗！』

我嚎啕大哭起來，手槍掉在一旁。

『你以為我被你這樣糟蹋，會乖乖忍氣吞聲嗎？你是不是很瞧不起我，以為我不敢把事情鬧大？我才不會輸給你呢。我要公諸一切，向世人揭露你的醜聞，和你玉石俱焚。不管什麼話我都說得出口，那些你因為信任我，而告訴我的一大堆外交祕密，還有這次的重要使命，我要全部洩漏出去。機密文件遭竊萬一被世人知曉，就算你再怎麼厚顏無恥，恐怕也賴不掉吧。我的復仇有多精采，你就拭目以待吧。』

我像瘋子一樣鬼吼鬼叫，小田切的額上露出青筋，他咬緊嘴唇、不發一語，就怕再度觸怒我。

此時我已下定決心，不是由我親手殺了他，就是讓他生不如死——只有這兩條路可走了。我一旦決定便不會回頭，這是我的個性，他心知肚明。事到如今，他也知道再怎麼安撫我，都無法令我收手了。

『與其身敗名裂，還不如死在妳手上。我也累了！』

他乾涸的嘴唇吐出這句話，我的唇角勾起了惡魔般的笑容。

『死在我手上？又在裝可憐了。殺了你豈不是便宜你？我對你這種人已經心灰意冷，連動手都嫌懶。你若想死，請自便吧——』

我撿起手槍，遞到小田切面前——而他的一生，最後便結束在那把手槍上。」

宮本夫人說完抱緊骨甕，依依不捨地將臉頰貼在甕上，然後歸還到我們手中。她接著說：

「雖然一直在爭吵，但我還是愛小田切的，我相信他也不恨我。我們明明真心相愛，卻總是爭吵不休。一想到他已不在人世，我也不知往後該如何活下去。我的悔恨與怒火已經煙消雲散，只剩下深愛他的心。他的遺骨不在我身旁，我便寂寞得一刻也活不下去。告別式結束當晚，家屬們都累了，我便趁他們小憩時，悄悄替換了遺骨，但我心裡始終過意不去，所以才會提醒家屬靈骨塔內的遺骨已被調包，並安排了妳在暴風雨當天看到的那齣戲。我的表妹是一名演員，我請她負責假哭，她掌握我的祕密後，對我予取予求，我不肯答應，惹火了她，我想她一定有去跟久子小姐告密吧——不過這段日子下來，我也逐漸釋懷了，即使不擁有遺骨，小田切的靈魂依然活在我心中，現在我對遺骨已經沒有任何執著與留戀了。我應該要自己歸還才對，卻勞煩妳們辛苦奔波，實在非常抱歉。犯下這種大罪，我已有伏法的心理準備，不論妳們如何處置我，我都不會逃，在妳們下達指示前，我會乖乖待在這間飯店。還請代我向久子小姐致歉。」

S夫人抱著遺骨，先我一步離開房門。宮本夫人目送我們，眼中閃著點點淚光。

作者簡介

大倉燁子（おおくら　てるこ，一八八六—一九六〇）

日本小說家。一八八六年出生於東京府東京市（現為東京都文京區），本名物集芳子。在政治學者吉野作造的介紹下師事劇作家中村吉藏，後來陸續成為二葉亭四迷、夏目漱石的弟子，以本名或筆名「岩田由美」、「岩田百合子」發表過〈兄〉、〈生家〉、〈母〉等小說。

一九一〇年與外交官結婚並加入《青鞜》（女性文藝雜誌）。婚後以外交官夫人的身分前往美國以及南洋，為她愛好的文學之道帶入了豐富的題材。與丈夫居住在歐洲時接觸到柯南・道爾的作品。一九二四年離婚後，轉而撰寫推理小說，是戰前少數的女性偵探小說作家。在她為數眾多的諜報類作品之中，以私家偵探S夫人為主角的系列有大量國際事件的描寫，這和大倉燁子曾是外交官夫人的經歷有關。

一九三四年，發表〈妖影〉並附有菊池寬的推薦文。隔年，出版作品集《舞動的影繪》，成為日本首位出版單行本的女性推理小說家。大倉燁子戰前作品多為防諜題材，戰後則以犯罪小說為主，帶有心靈趣味、心理異常等要素；她所寫的推理小說並不是那麼的本格，更著重在故事人物的心理描寫，加上擅長以文學性的手法來描述故事，成為她的獨特風格。

消失的女靈媒

操弄人心的心理遊戲，大倉燁子的S夫人系列偵探推理短篇集

書　　名	消失的女靈媒
作　　者	大倉燁子
譯　　者	蘇暐婷
策　　劃	好室書品
特約編輯	陳靜惠、陳楷錞
封面設計	劉旻旻
內頁美編	洪志杰
發 行 人	程顯灝
總 編 輯	盧美娜
美術編輯	博威廣告
製作設計	國義傳播
發 行 部	侯莉莉
財 務 部	許麗娟
印　　務	許丁財
法律顧問	樸泰國際法律事務所許家華律師
藝文空間	三友藝文複合空間
地　　址	106 台北市安和路 2 段 213 號 9 樓
電　　話	(02)2377-1163
出 版 者	四塊玉文創有限公司
地　　址	106 台北市安和路 2 段 213 號 9 樓
電　　話	（02）2377-1163、（02）2377-4155
傳　　真	（02）2377-1213、（02）2377-4355
E-mail	service@sanyau.com.tw
郵政劃撥	05844889 三友圖書有限公司
總 經 銷	大和書報圖書股份有限公司
地　　址	新北市新莊區五工五路 2 號
電　　話	（02）8990-2588
傳　　真	（02）2299-7900

製版印刷	卡樂彩色製版印刷有限公司
初　　版	2022 年 8 月
定　　價	新台幣 360 元
I S B N	978-626-7096-14-7（平裝）

國家圖書館出版品預行編目 (CIP) 資料

消失的女靈媒：操弄人心的心理遊戲，大倉燁子的 S 夫人系列偵探推理短篇集 / 大倉燁子 著 ; 蘇暐婷 譯 .-- 初版 . -- 台北市 : 四塊玉文創有限公司 , 2022.08　208 面 ; 14.8X21 公分 . -- (HINT : 6)
ISBN 978-626-7096-14-7(平裝)

861.57　　111010094